中国当代文学名家精品集

U0508063

梨花一万枝

陈蔚文 著

成都地图出版社
CHENGDU DITU CHUBANSHE

图书在版编目（CIP）数据

新花一万枝 / 陈蔚文著 . -- 成都 : 成都地图出版
社有限公司, 2025. 5. -- (中国当代文学名家精品集).
ISBN 978-7-5557-2761-3

Ⅰ. I267

中国国家版本馆 CIP 数据核字第 2025LK7289 号

中国当代文学名家精品集：新花一万枝

ZHONGGUO DANGDAI WENXUE MINGJIA JINGPIN JI: XIN HUA YIWAN ZHI

著　　者：陈蔚文
责任编辑：赖红英
封面设计：李　超

出版发行：成都地图出版社有限公司
地　　址：四川省成都市龙泉驿区建设路 2 号
邮政编码：610100

印　　刷：三河市人民印务有限公司
（如发现印装质量问题，影响阅读，请与印刷厂商联系调换）

开　　本：710mm×1000mm　1/16
印　　张：13　　　　　　字　　数：200 千字
版　　次：2025 年 5 月第 1 版
印　　次：2025 年 5 月第 1 次印刷
书　　号：ISBN 978-7-5557-2761-3

定　　价：68.00 元

出版说明

2023 年春，教育部等八部门印发《全国青少年学生读书行动实施方案》。随后，122 家国家语言文字推广基地共同发出"典耀中华"主题读书行动倡议。一些具有文化情怀的出版社和文化公司，立即响应，策划各种适合青少年阅读的图书，《中国当代文学名家精品集》书系应运而生。

《中国当代文学名家精品集》书系由北京世图文轩文化发展有限公司（下称"世图文轩"）策划，由成都地图出版社出版。我非常荣幸地受邀担任主编。

世图文轩成立于 2010 年，系北京市内乃至全国较有影响力的图书发行公司之一，曾获得"重合同守信用企业""诚信经营示范单位"等荣誉称号。长期以来，世图文轩和众多出版社就优质图书出版进行合作，获得了合作伙伴的一致好评。在"典耀中华"主题读书行动中，他们敏锐地抓住机遇，迅速策划主要以初、高中生为读者对象的大型书系选题，显现出他们的眼光、魄力与胸怀，以及对于文化市场的拓展理想。我相信，这样一家致力于图书策划、出版的公司，其品牌信誉是毋庸置疑的。

为成长中的青少年读者集中呈现名家优秀作品，是一件虽然困难，却功在当代、利在未来的大好事，我能参与其中，与有荣焉。我必须以一种高度的使命感、责任感以及担当精神来做好这个书系，成就这件大好事。

令人特别感动的是，刚开始组稿时，刘成章、王宗仁、陈慧瑛、韩小蕙、王剑冰、李青松、沈念等老师就对这个书系表现出极大的支持和信任，并在第一时间提供了书稿以示鼓励。很快，几乎所有得知此书系的作家都认为这是在为作家、为"典耀中华"主题读书行动做一件好事、大事。由此，我和我的临时编辑室成员获得了极大的信心，热情也更加高涨，此后连续十个月，我们整个身心都扑在了这件事上。

一个人只要用心做事，人们是会感受到的，也会默默地予以支持。事实上也是如此。随着组稿工作的开展，我们和作家们的沟通日益频繁，我们发现，他们除了都表现出对这个书系的兴趣与认可，对当代散文创作的发展、繁荣的前景，还有一种共同的期待与信心。这对我们无疑是一种更为巨大的鼓舞与动力。

组稿虽然也费了不少周折，但总体上比想象中顺利得多。当然，非常遗憾的是，一部分作者由于手头书稿版权等原因，未能加盟到这个书系。

组稿只是我们工作的一部分，更为具体、更为烦琐的，是审稿事务，它出乎意料的繁重，也占据了我们比预想的多得多的时间和精力。偶尔，我们也有点儿想放弃了，但是，想着这是一件功德无量的事，又兀自笑笑，继续埋头苦干。在这个过程中，感谢师友们对我们工作的配合、理解、支持与信任。

静下心来，切实感受审读、编辑工作的价值和意义。

书系里，名家荟萃，佳作如林。有的，曾代表过一种新的创作范式；有的，曾开启过一种创作方向；有的，对某一题材开掘出更深更独特的思想；有的，有引领某类题材与风格的新面貌；等等。毫不夸张地说，散文多角度多样式的表达，在这个书系里应有尽有，全景式、全方位地呈现出中国散文几十年的创作成果，是当代散文创作的一个缩影。

总体上，无论是题材、创作方法，还是思想容量，此书系都呈现了散文广阔的视野，让我们感受到散文天地的无垠无际。

具体来说，以下几个特点特别明显：

一、作者队伍可谓老中青完美结合。入选作者的年龄跨度最大达半个多世纪，上有鲐背之年的高龄名将，他们文学生命之树长青，宝刀不老，象征着老一辈散文家依然苍翠的文学生命力；最年轻的三十出头，他们雏凤声高，彰显散文创作的新生力量蓬勃兴旺的景象；一大批中壮年作家，是当代散文创作领域里当之无愧的中坚基石，他们的创作正处于繁花似锦的鼎盛时期，实力毕现。

二、题材多元多样，内容丰富多彩。书系中，既有涉及上下五千年历史的洒脱智慧的历史文化散文，又有让人惊艳的初次涉猎的新颖、独特题材。有人写亲情，有人写风景。有些人写自己的童年，让我们看到其成长时代；有些人写一个城市或一条河流的前世今生；有些人写自己对故乡的记忆，从更有新意的视角表现这个时代的巨变；有些人集中了自己几十年的写作精品，让我们看到他们的创作道路上的足迹；有些人专注于一个主题，开掘深挖，独具魅力；有些人关注时代、关注身边的人和事；有些人剖析自己的内心情感……总之，反映中华传统文化、红色文化和当代自然文学精粹的作品，在此书系里比比皆是，或温暖动人，或鼓舞人心。

三、风格百花齐放，个性特点鲜明。几十部作品，有的侧重写实，有的侧重抒情，有的注重开掘思想，有的追求内容唯美，有的描写细致入微，有的叙述天马行空……表现方式千姿百态。但无论哪种风格，无论如何表达，皆个性鲜明，情感饱满，呈现出思想性、艺术性、可读性兼备的特质，读者可以从中获得不同程度的启发，感受到散文的魅力。

四、女性作者跳出了人们对"女性散文"固有的观念。书系中占有一定比例的女性作者，她们的作品虽然仍保留细腻敏感的特色，但大都呈现出大气开阔、通透有力的格局。她们温柔而现代的行文表达，对读者来说有着更为别致的情感体验和人生借鉴意义。

总之，这个书系，将是我们打造阅读品牌的开端。如果你愿意静下心来阅读，你一定会有所收获。

习近平总书记在文艺工作座谈会上讲话时指出："优秀文艺作品反映着一个国家、一个民族的文化创造能力和水平。吸引、引导、启迪人们必须有好的作品，推动中华文化走出去也必须有好的作品。"我们希望，这个书系能成为读者眼里"正能量、有感染力，能够温润心灵、启迪心智，传得开、留得下，为人民群众所喜爱"的"优秀作品"。

在此，特别感谢沈俊峰、陈晨两位搭档的通力协作，我的编辑朋友梁芳、胡玉枝的倾力相助，以及世图文轩、成都地图出版社上上下下推进此书系出版的所有领导与师友的大力支持和耐心细致的工作。他们让我感受到了团队的力量。同时，也特别感谢出版方将我和我的搭档的作品纳入此书系，我们把此举视为对我们的"嘉奖"。

上述文字，不敢称"序"，不敢称"前言"，甚至不敢称"出版说明"，仅表达此书系的缘起和一些组稿、审读的感受，也许过于肤浅，还望广大作者、读者海涵。

《中国当代文学名家精品集》主编

目录

辑一　行旅

新花一万枝

春天，路过青山湖畔，透过前方车窗的雨雾，见路边有花开绚烂的一株树。介于红与紫之间的玫粉色花朵，聚合成修长小钟状指向天空。是玉兰树。空旷天地间，一树绚烂让人忍不住要停车细观。

比起这季节漫溢的桃花、山茶与樱花，路边不算多的几株玉兰有遗世独立之美。

这一树繁花也像岁月坐标，突然使我想到离那年去沪不觉竟已十年。在沪工作的那几年，每逢春至，见嫣红一树在公司附近的苏州河畔开着，租住的小区也有几株，有时从地铁站出来走几步也会遇见。每一次，都会在心底惊叹它的美。比起细碎的那些花，它完满、雍容，如熟谙疏密有致的美学形式，每一枝花都不抢其他枝的风头，保持必要的独立。

在万物复苏的春天，遇这样一树嫣然，深感古诗中形容的"刻玉玲珑"真是精确。玉兰，又名紫玉兰，与白玉兰同为玉兰科属，花蕾晒干后称辛夷，可治鼻炎、头痛，是一味传统中药。陆游写过一诗《病中观辛夷花》，辛夷花指的就是紫玉兰。紫玉兰不多见，至少不像山茶之类随处可见。查资料得知，其根系敏感，不耐积水，一旦损伤后，愈合期较长，不易移植和养护，故而少。

那年沪上的早春，每天公司午餐后，我都会和同事小苏、张张去附近苏州河边逛逛。大眼睛的江苏姑娘小苏白净妩媚，像白玉兰。纤瘦的东北姑娘张张肤黑清秀，像一株紫玉兰。

两人都极伶俐，我听"80后"的她们讲各种人和事，她们的家乡与求学，她俩对今后的筹划。张张说，要是在上海留不下来，她想回东北老家。

后来，小苏如她所愿，去了新加坡南洋理工大学留学。张张在我推荐下，去了北京的分部任职，在那有了自己的家。

相比紫玉兰，白玉兰似更为多见。父母老房子的院子就有数株。叶片肥厚，白色花瓣有釉质的润泽。每逢开放，从五楼阳台望去，它与视线齐平或高出视线，碗状花朵每一朵都有自身的分量。它抬升了这座旧的宿舍院落，使之有光。它的香气却不明显——这种块头的花倘一旦有香，大概是一碗一碗、一盆一盆的，要将人熏得趔趄。好像往往香的花都是小朵的、细碎的，比如玫瑰、含笑、桂花。

白玉兰花落时，院里地上铺着白手绢般的花瓣，可用来做成美食吗？花入馔，本不少见，清代《养小录》就有"餐芳谱"一章记载各种花卉食法。我以一个美食爱好者的心思动着念，比如把花瓣和上面粉与蛋糊，用油煎制成玉兰饼？在云南，几乎所有的花都能制成美食。

终究没试过，不过倒是看网上有载，说可食用，先焯水，可与肉拌炒或煲汤等，还有说晒干的花瓣可泡茶——当花瓣在沸水中绽放，得有多大的杯子来泡它？

"一夜好风吹，新花一万枝"，一夜的春雨之后，鸟鸣更清脆了，更多的花争先开放了，空气中浮动着隐约的花香。桃花、樱花、杜鹃等等，每一种都有它们自己的脾性。

桃花初绽时，是毛茸茸的粉，星星点点，像可爱的少女。

杜鹃明艳，带着点山野的倔强，仿佛再冷的风，再寒的雨也不能让它们畏惧。

山茶热烈，满树簇拥着开放，像喜热闹的人。因其好种，公园里最多，有时下雨，公园人少，山茶依然开得明艳而高兴，它们挨挤的样子像在交头接耳，它们会议论些什么呢？

更远的地方，乡村、田野、山坡与平原，油菜花正开放。明黄的，一片片，一亩亩，交织成黄色的不同尺幅的地毯。油菜花的种子含油量高，可榨油或当作饲料用，它的嫩茎和叶子可当作蔬菜食用，花朵能观赏——它真是舍不得浪费自身一丁点啊，物尽其用地生长着。那铺陈的、壮阔的、充满着生机的开放，被无数镜头定格，记录下春天最壮丽的开放。

这些花朵，经历了怎样的过程才绽放这一树芳华？那兴许并不比一个人的成长更轻易，那些雨雪潆潆，赤日炎炎，全由它们自己捎负，连它们的花开也是秘密的——没人能说清树上第一朵花是何时开的，更没人知道最后一朵花又是何时谢的。人们为它们吸引，必是它们开得盛极之时。此前与此后的存在，它们安静无声。

在意或不在意，都不影响花期，每年早春，当寒气与暖意还在摇摆交替时，突然一瞥，就看到了一株花树婷婷立于前头，像有人于半空施了个魔法，变出了这一树妍然。

生命居于草木之中。

在这些繁花前，有因美而起的欣悦，也有对自然之力的噤声——今年的这些花朵还是去年的吗？或者说，今年的花朵还会现身在明年的枝头吗？

人的凋谢是一次性的，人的凋谢意味不再重返。而一朵花，由同株根系提供的绽放，是否可以视作同个生命体的返场？

植物比人更强大。它们拥有的不仅是形体上的生命力，还有另一种精神生命力，让"死"一次次又活下去。越过花枝，你看到了"能量守恒"，看到了流转与接力。

海，以及星光

1

那年七月来临前，对我升学不抱乐观指望的父母决定让我读艺术专业——通常，这是灰心的父母一种无奈的权宜之计。他们理解的艺术是偏门，是捷径。我妈说，你唱首歌我听听。我唱了首《少年壮志不言愁》，当时正热播《便衣警察》，满世界闪烁金色盾牌的光辉。这首明显和自个声线过不去的歌，没让我妈从中听出丁点壮志。于是，我去读了美术专业。

毕业那年秋天，我到一家艺术单位的"美术部"上班了。这家艺术单位，位于城市中心广场一侧的院子深处，砖墙老楼，陈旧的木楼梯适合拍《一双绣花鞋》。

办公室在朝北二楼，从窗口望去，一片灰色屋顶，树枝在风里飘拂，这景象让人觉得前途茫茫——我的一生难道就要在眺望这片灰屋顶中度过？这真令人懈气。

那时，家里为我找了位颇有造诣和名气的国画家为师，他每周末抽出宝贵的几个钟头指导我画速写，有时甚至亲自上我家来。我家住五楼，国画家的体形也绝不轻盈，这使事情更为沉重。

比起绘画，我对文字更为钟情，我喜欢在阅读中体味那由文字生发出的美与感动。我悄悄地开始了"创作"，是的，那些稚嫩的文字是属于我宿命的显影。

国画家要求我每天早上六点到菜场画几组人物速写，这对内向的我简直是个噩梦。站在人群熙攘的菜场，面对好奇的眼光，我坚定了要放弃绘画专业的选择。我只愿我的前途与文字产生关联，虽然这条路毫不乐观，甚至比从事美术更不乐观，一切从零开始，没人允诺我说："你的写作将通往一条有光的路。"可这一切又有什么关系呢？因为足够喜欢，因为写作成为"必须"，那么就如同冰心先生说的，"踏着荆棘，不觉得痛苦，有泪可落，也不是悲凉"。

不问前路——我理解的前路不只是饭碗，它更是一份志趣所托。

2

由一根细细的蛛丝结成一张通向未来的网，这是多么浩繁而冒险的工程。写作同此，由一个个汉字垒成一座通天的巴别塔，其中要遭遇无数困阻，而且，它不能保证你一定会抵达那座塔，你可能会因为才能、毅力不够而搁置半途。这些问题，我统统没有细想。不去考虑写作与今后安身立命的关系，不去考虑能写成什么样，只是因为喜欢。

我喜欢在这个过程中，感受到自己的心智一点点成长，像一株从土壤里汲取了水分的幼苗。

在驳杂阅读里，我渐渐看到一个在肉眼可见的物象世界以外的世界——它湿润留白，富于景深，散发着莫名张力。

我不顾家里反对，办了停薪留职，准备去广西北海——一个有着沙滩大海、闪着银光的遥远城市，想象中它的光芒镀亮了我的诗与远方。

在朋友介绍的一家公司过渡后，我应聘到了一家大型娱乐机构的公关部，这家公司由港商投资，当时的北海到处可见这家公司的广告条幅，公关部很正规，主要负责外宣事宜，包括画海报之类。同事中有个四川美院毕业的男孩，后面还来了个广西百色文工团的女孩。女孩身材高挑、爱笑、漆黑的眼瞳，她姓农，叫农眉——我头次知道有"农"这个姓。我们三人颇要好，平时一起完成些宣传文案之类的工作。

近半年待下来，我对这座城市有种厌倦感。它和文学以及诗情毫无关联，在整个城市中，弥漫着海浪与海鲜的腥气，充满热烈而夹杂泡沫的气息。总之，它就像一座标准的新兴开发区那样，闪烁着霓虹、流言、膨胀的淘金梦与粉色泡沫。

这半年里，我几乎没看什么书，虽然我的行李中带了几本书，但几乎没有什么掏出来的机会。即使掏出，浮躁的心境和燠热的空气也会使文字褪色。

我回家了，进入一家报社做新闻。新闻不是文学，不过它和文学算得上表亲戚。文学史上有不少伟大作家都曾做过新闻记者，比如乔治·奥威尔、辛格、加缪、斯坦贝克，还有海明威。

一年后，我从报社调到了同家单位的杂志社，之后我又换了几家杂志社，不变的是，我的职业一直是编辑。写作在继续，阅读也在继续，它们像光，照亮了日常——

在某年深秋向北的列车上，我读到了纳博科夫的《玛丽》，书中主人公加宁身下的隆隆震颤仿佛穿过书页直透到我身下。此时的震颤与1926年柏林的震颤重叠在一起：膳宿公寓，六间房的各色房客走动，包括忧郁的青年加宁。

在一个寒冷的冬天，我读到了《局外人》，作家加缪为读者贡献了一个"儿子"的特殊形象。它打破了传统文学中的亲伦关系，那包含着强烈责任心、自我牺牲精神、软弱与控制、温情与压抑同在的亲伦关系。儿子莫尔索的形象是那么"浑不吝"，对一切毫不在乎，连对自己也毫不在乎，看上去缺乏支撑地活着。我从他的没心没肺中看到的不是哲学意义上的幻灭，而是情感缺失造成的迷茫。

在一个将雪的阴沉傍晚，我读到了《黛莱丝·德克罗》。

"我们种种行为的源头又在哪儿呢？当我们想把自己的命运离析出来时，它多像那些草木，怎能把草木的根全拔出来呢？……童年本身就是一个止境，一个终点啊。"

我把书中若干段摘抄了下来。莫里亚克是我最喜欢的作家之一，虽然这位 1952 年获得诺贝尔文学奖的作家似已被遗忘。女作家大概都不能比他更好地塑造女性，如此深入、细致——也许那不能称为塑造，而是重现，重现一个女人的内心——她们不想扮演角色，装腔作势，说些俗套话，她们"只依凭自己的心来挑选家庭，不是按照血缘，而是按照精神，也按照肉体去发现真正的亲属，不管他们多么稀少，多么分散"。

在结束第一份编辑工作后，我去到上海开始五年的媒体生涯。一次在地铁上，我读到青春时期对我影响颇大的台港文学，读到骆以军写《西夏旅馆》写了三年，得了两次忧郁症；还有袁哲生，他的第一篇短篇小说《送行》获第 17 届时报文学奖短篇小说冠军，惊艳台湾文坛……

"孤独"成为骆以军和董启章共同的感受。1967 年生于香港的作家董启章写道："我们就是在这形同太空漫游的状况下写作——看不见目标，看不见来处，看不见同伴，也看不见敌人。又因看不见空间和时间的坐标，而不知道自己究竟是在前进、后退，还是原地踏步。在辽阔无边的黯黑太空里，仿佛只有自己一人。"

因为看这份报道，我坐过了站。袁哲生有一问"我还算个作家吗"，引出了一个问题：什么是写作者的精神与形象？

在那条毫不热闹、甚而荒凉的途中，文学是灯火，是秉持，是艰难寻找的启示……每个爱文学的人亲近文学的理由各异，感受却相似：在一生中，我们要飞到那遥远地方，去看一看这世界的景况。我们要积蓄度过长冬的力量，无论是过往的长冬，还是今后未知的长冬。

对了，在那一年的夏天，我和父母姐姐从上海去雁荡山，车厢里，父母睡了，我在看王小波的《绿毛水怪》，行前匆忙下载打印出来的，看完一页递给姐姐一页，她是城乡规划专业的博士，同时是个爱读书的女文青。

午夜的火车奔驰在黑暗里，一个不真实的、近似幻渺的故事会让人如此忧伤，这本身令人感动。只有车轮碾过铁轨的轰隆声，空气里荡漾着细小的、耐人寻味的东西……

3

回想那个遥远的离开北海的上午，机翼震颤，我对前路一无所知。但我知道，文学这件事将会成为我骨血中的一种相随。之后成家生子，生活的主场在办公室与厨房间切换，养育一个孩子占据了大量时间，在时间的空隙中，文学之光仍时常照拂。

这个夏秋之交，因为三年前术后的旧疾复发，我住进了医院。外部的时光停止，我进入了医院时间——它是以吃药、打针、抽血、插管等治疗为计数方式的。每天昏沉躺着，唯一的运动方式是围着这一层的走廊一圈圈走动，这是我完全不陌生的动作，这些年的住院经历使我太熟悉这种白色的圆周运动。

一位女亲戚来医院看我，不知怎么聊到我年轻时的不可理喻，那股子没头没脑的冲劲儿。

她走后，我在想，那个女孩，那个亲戚口中确凿存在过的我，去哪了？我不记得何时何地与"她"分的手，但我看到了"她"不可理喻背后藏伏的昔日的痛苦和委屈。

晚上，我迷糊地做了个梦，梦见傍晚在一个公交起始站等车，忽然觉得周围一切似一个做过的梦：服务窗口里的男人和女人，我凑近窗口询问他们下班车到达的时间，他们漠然，有点不耐烦的口气，包括那间屋子，全是我曾经历过的。但我无论如何想不起，何年何月，有过这样一次全然相同的乘车经历。

在梦里，我努力回忆着一个梦。梦的开平方，结果是什么？是你成了自己的"局外人"？不，结果是一位胖护工进来，给邻床病人翻身，我的梦醒了。

写作有时就像这梦的开平方，或是摆了三面以上镜子的房间，事物相互被重新映射一次，使原本平面的生活有了廓影、深度，当然它也部分地抽离了真实。这和镜子反射过程中产生的"光损失"同理：镜子的组成材料不可避免会对光有吸收，同时镜面不可能绝对光滑平整，会产生四面八方的漫反射，导致光能量的损失。

文学也是一样，在折射与反射中，定格、拾起些东西，又变形、遗失些东西，给人补充些什么，又消耗掉一些什么。有好些时候，我好像不在具体生活，整天思虑的都是那些其实对生活没有任何实质影响的事物，如同云的倒影、井的回声。

出院在家休养，无意中看到豆瓣一个小组里讨论《绿毛水怪》，我忆起那年仲夏，夜晚的火车厢内，我为这个小说流下泪，也突然明白文学或说文字这件事的好——它让你看到混杂在世间乌泱泱中的那些如此动人的东西，让你还有流泪的能力。我们是为这个活着的不是吗？它让你像莫里亚克笔下的黛莱丝一样，按照精神去发现真正的亲属与同类，不管他们多么稀少，多么分散。

我写下的文字，又触动过多少心呢？大概这也不是一个什么重要问题，至少它们陪伴过我，用文学的孤独化解了另一种生活的孤独，使我看到过海和天空。如同纳博科夫在《玛丽》中说的，"我想起的不是孤独和路长，而是波澜壮阔的海和天空中闪耀的星光"。

在 汤 湖

"喏，手心朝上。"安村茶场的老梁示范给我们看，这个手法叫"阳手"，也叫提手采。拇指和食指轻捏芽头，稍用力提，厚实的芽头便采摘下来了。熟练的茶工多用这种"阳手"采法，采摘速度快，不易掉落茶叶。

在赣西南的遂川汤湖镇，无论老幼，几乎无人不会采茶，不少孩子童年就把茶园当乐园，从小跟着父母采茶。茶园也不乏八九十岁老人的身影，采了一辈子茶，手掌与茶建立了磁场，大概不用看便能感应到。

不能用机采吗？我问当地诗人叶小青。据说一台双人台式采茶机每天可采鲜茶三千斤左右，相当于四五十名采茶工的采摘量。

当然不能，叶小青干脆答道，像是要捍卫茶叶的尊严。

一叶一芽只能人工采摘，精确的手势保证了叶芽的外形完整、匀净，机采易折断枝条或老嫩一把捋，这样采下的茶叶等级不分，不能保证精品茶的筛选。

"观其形"向来是中国人喝茶的一部分。茶，不仅是用来喝的，也用来观，如周作人在《吃茶》中说的，"我的所谓喝茶，却是在喝清茶，在赏鉴其色与香与味，意未必在止渴，自然更不在果腹了"。

可见"茶形"之重要。此刻，井冈南麓的汤湖，我捧着一杯狗牯脑茶端看。芽端微勾，载浮载沉，一叶叶在杯中起舞弄影。啜一口，清气缭绕。三四泡之后，茶色渐淡，入口仍有余香。

这样的时光，安抚了我的心绪——今年以来种种意外，对既定的翻转，让我措手不及，心绪一言难尽。来此地前，我刚出院不久，三年前的旧疾复发，折腾半月有余，病后在家休假一月。"得出去走走。"我对自己说。

于是来到了罗霄山脉下的小城汤湖。相邀的朋友说，山里空气好，去洗洗肺。当然还有此地出名的狗牯脑茶，同样有涤荡作用。

一杯在手，心气果然静下。时空的转换，确能让人心随境转。老梁给我们讲茶的故事，有次他携自家海拔九百米高的山上采摘的新茶参加某茶叶评展，一位江南的茶专家喝过他的茶后，当即说好，说喝出了"八十年代"的感觉——这位专家在20世纪80年代曾到过江西遂川，喝到当地的狗牯脑茶，清气入腑，印象极深，后来再未喝到。这次相隔多年喝到，他十分惊喜，向老梁预订了七斤，让他每年春分后寄来。

老梁依嘱每年寄茶，有一年，因天气原因，春分时，他老家遭遇霜冻，冻伤了茶树新芽。春分已过，专家等着与朋友煮水试新茶，催他寄。老梁怕专家等急，也没向他解释，把当时承包基地的新茶寄了去。专家收到，喝后与他联系，说，茶依旧不错，只是不如之前。这次茶叶的海拔，可能比之前的茶要低个两三百米吧？

专家用的是温和的问句，但话中的了然让老梁听后惊且羞愧，基地正是海拔六百米，比他老家的山要矮个三百米。他和专家说了实情，此后把这事当作生意不可"忽悠"的教训，时常讲予来喝茶的人听。

对大半辈子浸染于茶中的专家，每一片茶都是海拔、雨水和阳光融汇的样本，一口品去，他立时辨出茶的身份。为什么不直接说破，而用问询呢？是对产茶人的体恤吧。直到现在，他仍然每年购买老梁的新茶。

去老梁的茶园看，时值冬令，茶园清静，正处于养护期——老梁说，除了春分至谷雨，其他三季都在除草、施肥，等待来年春分的采茶季。整整用三季来迎候的春天，对茶场负责人老梁来说，是茶叶的黄金期。

登上最高处的山顶，有一座小亭，亭边原本有棵桃树，不知何故夭折。老梁和见过这株桃树的人都惋惜，老梁说，还是要补种一棵的。

"唯青山不老，如见故人。"鸟从更高的云朵下飞过，阳光暖热。我站在亭边想那株夭折的桃树是何样，高矮胖瘦。将有一株新的桃树填进那个位置，仍在亭边，守望茶园。虽已不是先前那一株，又有什么关系呢？

众人还在说茶。老梁说，这茶好不好，与地势、气候、土壤都有关。像汤湖这样雨水多、丘陵多的地方想不出好茶都难。就说那狗牯脑山吧，海拔高，山林密，雾气缭绕，正是为好茶的生长准备的。此外还有工艺的讲究。比如采茶，品质最好的茶不能在雨天、有露水的早晨、日头大的中午采摘，以保证叶芽不湿不燥，形态完好。

春分至清明，气温微寒，虫害尚少，此时的新芽其味甘醇，是茶中上品。老梁怀着表扬自家孩子的骄傲说，清明前后的狗牯脑，碧芽泡出的茶那个香啊！采茶季，有不少采茶工来到汤湖，他们比布谷鸟更关心春天的到来。

一位熟练的采茶工一天最多可采七斤鲜叶，四五斤鲜叶出一斤干茶。春茶一般采到五月，越是入夏之深，茶叶品质越趋不佳。只做春茶的老梁就不采秋冬茶，因叶芽变粗，茶味已老。不过因其价格便宜，也有不少人采，作为口粮茶亦可。是的，我父亲就爱喝粗些的茶，因其味酽耐泡。

自古以来，太多文人爱茶，喝茶，写茶。文人以茶会友，叙物，代酒，寄情。茶，近乎成为人格理想的化身。在文人看来，茶有淑女之态，君子之气，茶中还包含自然万象——把"茶"字拆开，就是人在草木间。

许多人的一天是从茶开始的，比如汪曾祺先生，起床第一件事是坐水，沏茶。

"喝茶之后，再去继续修各人的胜业，无论为名为利，都无不可，但偶然的片刻优游乃断不可少。"茶是闲情的化身，一点儿苦涩，几缕回甘，正是"断不可少"的人生片刻。

我是从何时开始喝茶的？记不清了，"喜欢的时候自然就喜欢了"。每天也是从泡茶始，不拘什么茶，冬天保温杯，夏天大陶杯，茶水满盈，一日方始。有胃病后，不大敢喝绿茶，改作性温的红茶或普洱，但仍怀念绿茶的清醇之气。这次在汤湖，一日饮茶三四回，那股清气让人不忍释杯。好茶的香气不浮于表面，而是融进茶汤里，先有微涩，再是回甘——难怪唐人说喝茶，五碗肌骨清，六碗通仙灵。七碗吃不得也，唯觉两腋习习清风生。

惯喝茶的人是有瘾的。从祖父到父亲，都是一生喝茶。我祖父在江浙兰溪小城，一生基本在酒肆茶馆度过。有次无意中看资料，《兰溪市志》载：民国十七年（1928 年），兰溪城区有茶馆 116 家，到民国二十四年（1935 年）时，兰溪有茶馆 195 家。茶客每天要喝三次茶，早、午、夜三个时段。老茶客风雨无阻，天蒙蒙亮已赶到各自常去的茶馆坐定，沏上热茶，配大饼油条过早。这段资料让我眼前顿时浮现祖父大早披衣出门的身影。他也有相熟的小茶馆，茶水喝到日头升起，去做点水产小生意，夜了再去茶馆，披夜色而归。

小茶馆的茶，和他在家喝的一样，都是最普通的粗茶，谈不上品级，唯耐泡。他坐在乌沉的八仙桌旁画马给我看，深目高鼻，瘦长的手指蘸着茶水。这是我对他最深的印象。

祖父去世多年。他当然没听过"得半日之闲，可抵十年尘梦"这些句子，但他一生就是伴着粗茶老酒这般过的。

遂川一友曾说起，他父亲采了一辈子好茶，却只喝粗茶，譬如夏秋采摘的茶叶。茶叶喜湿，喜阴，夏季高温会使茶树叶大而薄，梗长而细，味涩难化，远不如春茶鲜爽清甘。但对他父亲来说，粗茶好喝，因其可畅饮，不用小心翼翼惦记价钱——他和妹妹当年读书费用，多出自父母辛苦采摘的品级好茶。

每逢采茶季，天刚泛点鱼肚白，父母就要背起茶篓，爬上高山去采茶。品质最好的茶通常在海拔八百至一千米。"清明茶叶是个宝，立夏过后茶粗老，谷雨茶叶刚刚好。"采茶人争分夺秒，为争取更多时间采到新茶，背着干粮当午餐。

即使是熟练的采茶工，采茶也绝不是件轻松活儿。采摘需要眼和手高度配合，要使芽叶完整，指甲不能碰到嫩芽，采下后在手中不可紧捏，放置茶篓中不可压着，以免芽叶破碎。鲜叶采回后要进行挑选，剔除杂叶，这叫作拣青。

初春尚有春寒，高山上尤其冷，要裹着棉衣采茶；谷雨过后，茶林有时升温到三十多摄氏度，仍要挥汗采摘。那时，他父亲总要带上一只大水壶，里面灌满浓酽的茶水。

碰上雨天，不能外出采摘，母亲用新茶炒几个鸡蛋，用茶水焖一锅清香的饭，蒸一盘春节留的腊肉，下垫茶叶去咸吸油。这顿饭，算给孩子的加餐和对自身辛劳的一点儿犒劳，也成为一家人记忆中最满足的时光。

高三那年，他考上外地一所学校。暑假，父亲领他去山里采了十来斤野茶。阳光直射的地方叶子较老，父亲采的是与乔木一起生长的茶树，阳光被遮挡，茶叶相对嫩些。要找乔木共生的茶树，要一直往山里走，父亲在前面用镰刀开路，他看见五十出头的父亲头发已灰白，旧衫被汗水濡湿。野茶采回，母亲在铁锅内炒焙干，一室茶香，四至五斤的茶青可制成一斤干茶，十来斤野茶焙干后成二斤多茶叶，冷却后入袋扎紧，是给他带去学校喝的。解困提神，父亲说。他执意只肯带一半，余下的给父亲。开学后，他打开行李，发现茶叶分作两袋，仍旧塞在衣物内。

"你现在应当多孝敬你父亲好茶。"我说。

"我父亲，去年走了。"朋友说。

杯中的茶，此时不仅仅意味清雅，更有了其他厚重意味，与劳作、汗水以及命运相连的意味。老舍先生说，烟酒虽好，却是男性的，粗莽、热烈，却也有火气，未若茶之温柔、雅洁，茶是女性的。

其实，茶也是男性的，在它的温柔雅洁中同样含有粗莽、热烈，含有风霜的涩和汗水的咸。

午后，去依山而建的另一处茶园，沿斜坡面开设的梯状茶林，远望去，如一幅秀美图景：一行行梯田状的青翠，依山环雾，如民间传说中有神仙驾云出没的地方。

但梯阶开垦并不易。开垦前要将荒地内的灌木、荆棘、杂草、乱石等障碍物清除，柴草晒干后烧成火土灰供作肥料。清理好土地后，沿山体斜坡自下而上分段进行，据山势走向先开出沟来，在高处沿山势横向凿出平行于地平面的阶行，阶梯面一般宽约 60 厘米，阶高 70 ~ 120 厘米。修整好阶行后，在每一阶面上植茶，远处看去，茶行呈阶梯状蜿蜒在山坡，不仅自成一景，也更有利于耕作，防止水土流失。

我问叶小青写过与茶有关的诗吗，他说没有。

茶校毕业，又在此地生活多年，竟没有写过与茶有关的诗，有点奇怪，但再想，不写，才好像是他。这位内向瘦小的诗人，在汤湖镇的镇政府工作，妻儿在遂川县，他每周回一次家。多年来，笔名"五里路"的他一直在乡村生活，在寂静的山梁与盆地间写诗：

　　　　只有在这里才能真正安静下来／四周青山的绵延与水田的
有限树立了／很好的榜样。它们／总是不卑不亢地一年又一年，
用自身的存在／回答了人世的问题。在这里／听一听鸡鸣就知道
几点钟／他们把时间还给了时间，把／生活还给了平淡、卑下、
琐碎、重复／这何尝不是生活的真谛。

　　茶林前方涌起玉带般的雾气，眺望升起的雾，对茶突然有了别样的
理解。曾经，茶是一缕意念，一个符号，一种被茶叶作用过的风雅的液
体，因品级而价格悬殊——这些，都只是茶的一部分。

　　如同在此地，在茶的背后，还有汤湖河、群山、降雪与烈日、旷野
的灯火，有每座山的脾性，埋头写诗的人，有家常四季与劳作。

　　"1斤绿茶＝500克×112颗／克＝56000颗芽头。一泡3克茶，需要
一双手在枝头上采摘336次，一斤茶需要采摘56000次。"这是关于茶
的数学。

　　这些数字在种种工序后变作案前的一杯茶。

　　茶使一杯水有了曲折，有了层次，生活的本质原本平淡，由茶制造
些许不平淡。杯茶在手，就是人们说的"小确幸"之类吧。它在时间里
添了点使之慢下、得以安抚的物质。

　　"一壶得真趣"，人们喜欢赋予茶以高山流水的诗意，甚或高蹈的禅
机。它总是与精舍云林、幽人名士联系在一起，但对另一些人，比如我
的祖父、朋友的父亲，茶这种古老的双子叶植物提供的是解乏止渴，
"茶为食物，无异米盐"。茶不仅入得雅室，也广布田间，饮者从中获得
同样的满足。

　　这正是茶的浩大之处。它不仅是杯中的轻盈与清澈，还有着泥土的
宽厚与怀柔。

在 广 寒

　　"广寒寨"，赣西萍乡下辖的一个乡，这名字让人想到传说中的奔月，想到"不敢高声语，恐惊天上人"。此时，刚刚立冬，阳光把"广寒"这名字也照暖了，暖到每根树梢、每片叶子、每株根系。

　　沿山路行走，路边一条小河，几只白鸭拍翅戏水，河岸边是成片松树、杉林还有茂密的毛竹。到春天，这里会有满山的杜鹃。

　　此刻，河的对岸开着野荞麦花。白色带点淡紫，在正午成片地绽放，我起先不知道它的名字，是两位同行者——他和她说的。他们是自然的热爱者，也是自然文学的写作者，他们掌握不少与植物有关的知识。一路，他和她评点着植物，脱口而出一些植物的名字，像说起亲戚的小名。有时，他和她会因为某种植物的命名起点小争议，于是掏出手机，用植物软件搜索答案。可答案有时也不十分确定，谁叫世上植物的种类如此繁多，有些又如此相似呢？

　　它们的名称或许并不重要，那只是为了方便人们指认它们。植物更重要的意义是构建本地良好的生态。或者说，它们与本地的气候、土壤互为构建。一方水养一方人，一方土也长一方树。红豆杉、银杏、野生红山茶、楠木、方竹……它们在群山环抱中蓊郁苍翠。

　　向前走了一段，路被竹篱拦住。"空山有雪相待，野路无人自还。"竹篱前的荒路就是南唐后主李煜诗句中说的"野路"吧，他四十二岁所作这首《开元乐》中前面还有两句，即"心事数茎白发，生涯一片青山"。

我们正身处一片青山中。

在一个院子外，我们遇到了摩托车后满载着柴火的村支书。这是一个山一般沉默寡言的男人，他的儿女都考出了山区，读研后在外地工作，儿女让父母去城里，支书和妻子都不愿意。久居山中，不习惯城市的喧嚣。

支书做得一手好菜，看看他的灶间即知。自腌的大瓶红油腐乳，灶台上摆着码好味的一盆粉蒸肉，屋角有各种自种的蔬菜，还有他才采回的一袋黄澄澄的野柿。我一口气吃了几枚野柿，清甜多汁，这是山的馈赠，也是秋天的馈赠。

在这座山里，隐藏着许多自然予人的礼物，不止这些果实，还有漫山的草药。

和路上遇到的人聊聊，听听他们的故事，成了近年的一种偏好——年轻时不喜与人过往，人过中年，反而愿意与遇见者倾情畅聊，这是岁月带给人的改变。从不同遇见者的故事中，去看见一个更广博、更驳杂的人生，一些与你有着完全不同轨迹的人，如何过着他们的生活。

遇见八十六岁的"老药倌子"曾祥暄，他坐在自家楼房门口，穿合体的黑色呢料服，清瘦、精神，看得出，他年轻时肯定是位有模有样的俊男子。我表达了这种赞扬，老人并未推辞，带着一点天真的自得，笑着。

老人二十多岁起进山采药，采了一辈子，对山中的一草一木无不熟稔。当年日本人打到这一带时，感叹这座山是药材的宝库，"见木就是药"。曾祥暄也正是以此为生计，娶妻生子皆靠肩上那只采药背篓。

问售得好的是什么草药？老人答天麻。在《本草纲目》里它被称为"定风草"，主治风虚眩晕头痛。天麻生长在深山峡谷之中，不好采摘，老人有时要去海拔一千多米高的主峰大寨。自古以来，这里山势险要，东连罗霄，抱湘赣要冲，西接衡岳，辖东楚门户。愈是险要的山势，药材愈加丰富。老人带着简单干粮，一进山就是几天，背七八十斤各式药材出来。晚上借宿在山民家中——由此有了一段后半生的情分。早年他与前任妻子性格不合，在吵吵闹闹中分开。他去与广寒寨毗邻的湖南采收药材，那边有户人家看上他，想把女儿嫁予他，他想到老家的三个儿女，终是不舍，仍回到老家。

儿女生了孩子，他一人帮着带几个儿孙，甘苦一念。六十岁时，他与现在的妻子生活在一起，妻子姓蒋，山里人家的女儿，丈夫病逝，她带着孩子过得辛劳。他因进山采药认识她，两人搭伴过日子。

"过去的事，要讲起来，三天三夜讲不完。"老人的妻子立在门边说，她面有风霜，眉目端正，她的女儿嫁到湖南醴陵，小儿子去外面念了大学，读了研，现在四川工作。两家的儿女如来探望老人，围在一桌吃饭，中途拼起的一家子，亲亲热热，无有隔阂。这是乡间的一户普通家庭，透着乡间素朴的情义。

老人年岁已高，早不采药了，但开门即山，每日在房前便可望见出入大半辈子的大山，山头光线闪烁，有时笼着雨雾——无论哪种天气，老人再熟悉不过。山的脾性、出产，他皆可历数。

灶间飘来炖鸭子的香气，这股香气在渐近黄昏中如此温暖，足以安抚那些"三天三夜也讲不完"的波折与艰辛。

山与人的联结是如此紧密，人倚靠着山，山供养着人。

阳光下有排灰色房子，是马厩。走近它，我听到了另一个故事——马厩的主人是当地一位诗人，也是一位中学老师，他妻子是同校的老师。诗人本有机会调去政府部门，但他还是选择当一名中学老师，和妻子一起。他还办了个养马场，就是那排灰色马厩。闲时他和妻子会骑上马，去草坡或河边漫游。

诗人到城里办事去了，没有见着。他会是什么样子呢？我想到海子的诗，"和所有以梦为马的诗人一样，我也愿将自己埋葬在四周高高的山上，守望平静的家园"。

空气中吹拂着泥土与肥料的气味，一只灰白羽翼的鸟儿飞过，女同行者说是"伯劳"，她和男同行者为鸟的名字又讨论了一番。我想起前阵子重看的《猎人笔记》中提到的山鹬——或许，飞过去的那只鸟就是山鹬吧？

很早读过屠格涅夫的《猎人笔记》，这个出身于贵族家庭，但自幼厌恶农奴制度（他母亲就是一位残暴的农奴主）的男人，对自然有着天然的亲近。当时年少，读完印象并不鲜明，只觉得为什么俄罗斯作家那么热衷描写自然的景色呢？大段大段，整页整页。我那时对这种描写全无耐心。

托尔斯泰、契诃夫……作家们不厌其烦，怀着巨大的耐心描述着灌木与椴树的阴影，雾霭与沼泽，朔风云块以及阳光打在白桦树上金红色的光斑。我吃惊于他们对自然的热情。他们的笔像微焦镜头般逐一扫过自然物种：颤动的扇子一般在空中展开的杨树叶子，鸟儿的啁啾，草丛里绽放的浅蓝矢车菊。他们的笔，不肯遗漏任何细小的自然事物。又像是精细的画匠，在调色盒中恣意蘸取后在画布上点染涂抹。

后来才体会到这些描写的重要性，绝非可有可无，只有在那样的天空和土地之上，才能诞生那样厚重的文学——在白桦与椴树、朔风云团中，读者才能更深切地感受"俄罗斯式苦难"中贯穿的悲壮诗性。

而且，这些景往往是与人的生活、情感紧密相连的，"自然景物随着人物情绪的变化而呈现明朗或抑郁的光感"，在景物的背后，是作家对人物命运的忧虑和关切。

河水尽管不丰沛，仍有人在岸边垂钓。同行朋友说起自己近年的一些变化，比如她今年蒸蟹时，突然有了不忍，以前从不会，只惦着蟹味之美。我想起今年秋天，友人递来阳澄湖蟹，饱满肥腴，放学回家的儿子乎乎却拒绝吃，"你想想它这样被捆着蒸熟有多痛苦！"他表示以后也不会吃蟹。

我不知道这个"以后"是多久，但他对蟹这一刻的体察与共情让我有点惭愧。是的，这些生物，不管是湖海还是陆地的，如乎乎所说，它们也会感受到痛苦啊！人那么坦然地处置它们，只为满足口腹之欲。我想起写过《鱼王》、有"自然之子"之称的作家阿斯塔菲耶夫在一篇文中写道，喜欢钓鱼的他有一天突然萌生感慨：鱼儿是否会哭泣呢？即使哭泣又有谁能知道呢？如果鱼儿会哭泣的话，大概整条叶尼塞河都会是鱼的眼泪。从此他不再钓鱼。

当然，也许千百年的生物链注定如此安排。钓不钓鱼，食不食素，也不能据此做出善恶或道德判断。我只是感受到，人的确应当更敬畏自然，护佑生灵，面对青山绿水，生出更多爱惜之情。

　　深秋，山鹬飞来的时候，同一片树林显得何等俊俏！山鹬没有待在林子的深处，要在林边才找得到它们。没有风、没有太阳、没有亮光、没有阴影、没有动作、没有喧闹；柔和的空气中洋溢着像葡萄酒气味的秋天气息；远处发黄的田野上罩着一层薄雾。透过光秃秃的褐色树枝可看到发白的平静不动的天空；椴树上仍有几处挂着最后的金色叶子……您沿着林边走着，一边注视着狗，这时候，一些可爱的形象、可爱的脸庞，有死去的和活着的，都记起来了，久已沉睡的印象突然苏醒过来；想象力如鸟儿一般飞翔，一切都如此明晰地活动着，呈现在您的眼前。心儿有时突然发颤起来，蹦跳起来，热烈地要向前奔，有时会一个劲地在回忆里打转。整个一生仿佛画卷似的轻快地展开；一个人领悟着自己往昔的一切，领悟着全部的情感和力量，支配着自己整个的心灵。周围没有什么东西去扰乱他——无论太阳、风声、喧闹……

这是《猎人笔记》中最后一个章节"树林和草原"的一段描写，不厌其烦地摘抄是因为它多么美啊！眼前仿佛跃动着一幅光影的油画。这是我年轻时目光匆匆掠过的段落，它多么合乎此时此境——赣西的这个乡村，我放慢平日仓促的脚步，走着，辨认植物，注视鸟的踪迹。田垄两旁长着灌木，河流因为枯水期有些干涸，村落的房屋之间延伸着细长小路，路旁木凳上晾晒着菜干，当地人说，是洋姜。这种菊科植物可清炒，也可腌制咸菜，或制取淀粉。它的茎叶入药具有除湿清热、益胃和中之功效。

阳光打在褐色屋顶和棚舍上，菜畦中挨挤着小白菜、生菜，架上缠着干枯的豌豆藤，路边地上冒出几个老黄色的南瓜。我们沿着路去向广寒寨国营垦殖场。当年为响应"上山下乡"运动，时任副县长带领两百多名干部建立了这个垦殖场。一批年轻人躬身力行，垦荒耕种，把青春留在了这里。

路边一株木芙蓉盛开，扶疏摇曳，粉红的复瓣花朵。这是让我倍感亲切的花卉。儿时，谙晓中医的外公常用晒干的芙蓉花煮水，煮出浓稠的汁加一勺白糖，说可清热消肿，还可治肺热咳嗽等。这比中药好喝多了，那一勺在那个年代珍贵的白糖使这碗汁液有着特别的甘醇。

直到现在，母亲还会在初冬时节采摘芙蓉花晒干给我送来，又给在上海的姐姐快递一大袋子。这碗带着草本植物温润清气的汁液会在我和姐姐的孩子这一代传下去吗？大约是不会了。从采摘清洗，到晾晒煮汁，这是个需要"信"才能支撑的慢活。

总有些东西是会传承下去的吧？比如这晚吃到的艾叶果和手工豆

腐。充满植物芬芳的艾叶果蘸白糖，黏糯香甜，我连吃了几个。艾草的味道缭绕在口腔，以前总以为艾草只在春天才有，但实际上，从春末夏初时节第一次采摘，艾叶每年能收获四五茬。秋天的艾叶有点苦味，用热水焯几分钟再放冷水漂洗可去除苦味，制成食物有一股特别的清气。

另道"广寒豆腐"因为坚持手工制作而美名在外，吃来有股浓郁的豆香味，这香气与每一道工序有关。从豆子磨浆到大锅熬煮，再点石膏、压制，这过程一步也急不得，像等待作物成熟一般，必须等待季节的风吹过，雨落过，一切才能水到渠成。

天是突然一下黑掉的。

凝重的黑把树木、山峦都变作了溟蒙的剪影，这是一个生态良好的地方才有的夜色凝重。它弥漫着，像墨汁在宣纸上洇染。这黑色散发出万物初辟的气息，怀着深藏的秘密。

属于黑夜的生灵们要上场了，白天它们不声不响。夜色更浓时，或许一排排树木会交头接耳，用广寒寨的方言议论白天到来的客人或是其他。当聊累了，它们重新陷入了不声不响。四下如此地静，古老的、不被惊扰的寂静，除了一些动物蹑手蹑脚地活动。寂静中，万物不息生长——寂静是和阳光、雨水同等重要的养分。

这看似平凡的生生不息，有着自身复杂而完整的生态系统。每一片树叶，每一根枝丫，每条根茎都在这系统中，保持着生长节奏。它们当然也经历着生老病死，面临雷电雨雪的打击浩劫，有些挺过来了，譬如从雷电劈过的树干焦黑处萌发出的新绿；有些没挺过去，成为腐殖的一部分，继续汇入、滋养着这个系统。

"叶的飘零不是死亡，不是化为乌有，而仅仅是永恒生命的折光"，车窗外的树影随夜色映进车厢内。在这样的时刻，我清晰地感到——我们，和窗外的树木、山影在这世上其实是一个不可分割的整体……

西贡，西贡

中国的大年三十下午，我从柬埔寨的暹粒飞到胡志明市。飞机降落已是夜晚，降落前一刻，从舷窗望去，地面灯火之璀璨令人惊讶，那大片的光芒，壮丽的城市之光！因为飞翔的角度关系，地面的灯火如翻转过来的巨型闪钻飞毯。

胡志明市，一个听去很严肃、官方的名字，1976 年春天，为纪念越南共产党的主要创立者胡志明，西贡改名为"胡志明市"。这个最早是小渔村、周围都是沼泽的地方，因为高棉人在此居住多个世纪后，逐渐发展成港口贸易重镇，成为越南最大的城市和工商业中心，地位相当于中国的上海，我还是愿称它为西贡。"西贡"，这个词才符合它的气息。

"我在西贡一所国立寄宿学校里住宿。"这是法国作家杜拉斯的回忆。1892 年，杜拉斯出生在西贡近郊。她 18 岁离开越南，奔赴巴黎。她在巴黎大学攻读法律和政治学，后于 1939 年与丈夫结婚。

因为杜拉斯的小说，"西贡"不仅是一个地理名词，还是一个文学名词。

　　湄公河，主源为扎曲，发源于中国青海省玉树藏族自治州
　　杂多县，流经中国西藏自治区、云南省以及老挝、缅甸、泰国、
　　柬埔寨和越南，于越南胡志明市以南省份流入南海，干流全长

4908 千米。湄公河在中国境内称为澜沧江。下游三角洲在越南境内，因由越南流出南海有 9 个出海口，故越南称之为九龙江。

此刻，我站在一条浑浊如泥浆的狭窄细流面前，河上泊着一只只漆成艳蓝色的木船，小木船有个美丽的名字叫"水叶"。

这就是湄公河？与想象中完全不同。

妈妈曾经对我说，我一辈子再也看不到像湄公河和它的支流这样美丽、壮观而又汹涌澎湃的河流。这些河流注入大海，这些水乡的土地也将消失在大海的胸怀之中。在这一望无际的平坦土地上，这些江河水流湍急，仿佛大地是倾斜的，河水直泻而下。

杜拉斯不是这样描写湄公河的吗？

眼前狭窄拥挤的河道里，船只来来往往，河道两旁植物茂密。撑船的多为女人，包着头巾，戴着口罩，皮肤在炽热阳光照射下变得黝黑。

与杜拉斯描写唯一相同的大概是河两边模糊不清的草木疯窜着。行了一段，迎面而来的船上，一位戴着头巾的女人露出秀气面孔，她的脸颊像一位中国演员——在电视剧《大宅门》中饰演香秀的谢兰，清秀中透着一股倔劲儿——在如此炎热的天气里往返撑船，对男人来说都不轻松，遑论女人。而这是她们赖以为活的生计，日复一日，年复一年，周而复始地辛劳。

"爱之于我，不是肌肤之亲，不是一蔬一饭，它是一种不死的欲望，是疲惫生活中的英雄梦想。"这是杜拉斯的名言。在这条河流上，我不由也想起这句话。杜拉斯一生都在践行这句话，充满热议的一生，几乎每年都会有关于她的传记出版。

　　杜拉斯在《物质生活》中写道："我从来没有在一个我感到舒适合意的地方住过；我一直在寻找一个地方，我愿意留驻的地方；我一直没有找到……"

　　这个地方，不是地理意义的。

　　她还说："也许直到生命结束，我的一生都是孤独的，不过从一开始我就接受了这种命运。"

　　湄公河，炽热阳光下，撑船女子熟练而用力地划桨，一记又一记。在这条河上，有许许多多像她一样奔波的女人。她们的青春、人生全都伴随着骄阳和这条"水叶"。这是她们的一生。爱，之于她们会是什么？或者，恰恰就是一蔬一饭？而非"不死的欲望"，更不是什么英雄梦想。

　　这是让人想不起杜拉斯笔下湄公河的湄公河。一条维系着艰苦生计的河流。唯一的一点文艺调子是那些船上的野花，用罐头瓶装着，生机盎然，如同那些西贡女人的写照。

　　　　这就是西贡河。浑浊肮脏的河水沉重地涌动。这样一条河正该在经济腾飞的大城穿过，冒着浓烟的工厂、热气蒸腾的排污口。他回想了一下，在那部电影里，这条河似乎也不是清澈的河……但至少有一种风景，玛格丽特·杜拉斯肯定不曾在此见过，在河对岸，并排耸立着两块巨大的、一模一样的广告牌：那是一家日本电器，它甚至懒得说话，不屑于提供形象和幻觉，它并不打算美一点，聪明一点，它只是不容置疑地呈现商品的抽象符号。

　　在回来后的几个月，我在李敬泽先生一篇《西贡邮局》的文中看到以上描述。

　　是的，杜拉斯的"越南"已和今日越南大为不同。今天的越南成为了世界上 GDP 增长最快的国家之一，世界第四大造船国，制造业比重不断增加，虽然离成为下一个"世界工厂"尚有距离，但它的经济发展有目共睹——在各国因受疫情影响经济低迷时，越南的 GDP 不减反增。

它不再是那个法国殖民下的西贡：贫穷、落后，一点神秘的东方主义色彩，外加各处法式审美的痕迹。

这些痕迹成了法式文化的遗产。包括边青市场，西贡最大的传统市场，东南门是一座殖民时期风格的标志塔楼——法国人的审美如此强烈地留在了西贡的土地上。还有迄今有一百多年历史的西贡邮局，每一个到西贡的游客都会到此打卡，它和巴黎的埃菲尔铁塔是同一位建筑师。大楼有着巨大的拱顶，邮局内两侧的窗口也均为拱形或半拱形，这座带有浓郁文艺复兴风情的建筑看上去更像是教堂，而不是邮局。

对那个时代的越南来说，这个邮局可视作另一种教堂，犹如杜拉斯描写的：

> 这是帝国主义世俗统治的象征和枢纽，通过邮局，遥远的殖民地维系着与殖民母国的联系，邮局和邮政从基础上构造了殖民与资本的全球网络，这是现代性的教堂。

邮局里有不少旅游纪念品柜台，摆放着五颜六色的越南手工艺品，我买下一个钉珠缎面的蓝色手包，折合人民币不到一百元，它看去颇有点法式风格。

邮局的旁边是座真正的教堂——红教堂，整点的时候教堂会敲钟。据说，建筑红教堂的每一块砖都是从法国运过来的——法国文化对这个社会主义共和国的影响真是太大了，咖啡的气息飘荡在这个东方的城，在这里，喝杯咖啡就像喝瓶矿泉水那么自然。找了家咖啡馆坐下，到处是人，穿超短裙的当地女子和朋友围桌聊天。服务生送上用越南传统咖啡滤壶"Phin"冲泡出来的浓重罗布斯塔，杯底倒上一层炼乳，加冰块，用长勺搅拌均匀。它喝上去更像一种咖啡味的饮料。

当地人最爱的"咖啡馆"通常是那种门脸很小，纵深细长，门口随意挂幅帘子的小铺子。点杯咖啡，可在户外喝，门口摆几把矮桌椅，咖啡就放在塑料小凳上，几个朋友围在一起。和越南米粉一样，咖啡对当地人不是生活的点缀，是必需品。街边集市上还能见到咖啡熟豆售卖店。店内一半是茶叶，一半是咖啡熟豆。咖啡豆用玻璃罐或透明玻璃柜装着，按重量称售，像中国卖散装茶叶的小店，廉价日常。

在越南，咖啡是一天的起点与终点，是每件事物的开端与结束。不远处，西贡河流淌着。杜拉斯写道：

风已经停了，树下的雨丝发出奇幻的闪光。鸟雀在拼命鸣叫，发疯似的，把喙磨得尖利以刺穿冷冷的空气，让空气在尽大的幅度上发出震耳欲聋的鸣响。

邮船的发动机停了，由拖轮拖着，一直拖到湄公河河口近西贡那里的海湾，有港口设施的地方，这里是抛锚系缆所在，这里叫作大河，即西贡河，邮船就沿着西贡河溯流而上。

这是曾经的西贡，它打着一个作家赋予它的独特的风格烙印。如今的"西贡"，我没有听到鸟雀的鸣叫，只听到轰鸣而过的摩托车声不绝于耳。

傍晚的西贡河边，你可以坐在河边的椅子上等待夕阳沉落，也可在灯光亮起时登上打着殖民时期标签的邮轮——这些泊在码头的邮轮成了西贡特色的高档餐厅，游客可以吃到风味法餐。服务生们扮成船长和船员，音乐和模拟汽笛响起，邮轮好像即将顺河而下。甲板上，年轻姑娘戴着平顶呢帽靠在船舷拍照，如同年轻的杜拉斯即将沿着湄公河坐船去往法国。

崩密列与高棉的微笑

有多少人是因为电影《花样年华》而对吴哥窟有了向往？这部改编自香港作家刘以鬯的《对倒》的影片讲述了一个关于迁徙的情感故事。电影结尾，梁朝伟饰演的周慕云在吴哥窟对着一个树洞说了自己心中的秘密，以草封缄。

在吴哥窟一段之前，导演王家卫插进了一个镜头：1966 年，法国第 18 任总统戴高乐访问柬埔寨首都金边。这个历史事件标志着柬埔寨殖民统治的结束。

电影中，有一句选自小说《对倒》的台词："那个时代已经过去，属于那个时代的一切都不存在了。"

确凿的历史事件与个体命运的隐秘缥缈交织在一起。"花样年华"远去了。那个树洞，藏着周慕云先生的秘密，也藏着历史与人性的种种隐秘。

从暹粒住的酒店到崩密列有一个多小时车程，阳光普射，室外温度 35 摄氏度左右——叶导说，这个月份算暹粒较凉快的季节，4 月份更热。

在三十四五摄氏度的"凉快"中，崩密列到了。

崩密列（Beng Mealea），一座印度教寺庙，建于 12 世纪初期，这座小吴哥窟式的寺庙是用来供奉湿婆神的，意思是"荷花池"。寺庙距吴哥古迹群以东40公里，建造这座寺庙最初所使用的材料是砂岩，很多建筑损毁后很难再被复原。也正因未被修葺，它才有了比景点更引人之处。

眼前的崩密列和之前网上看的图片一样，倾颓的墙体和瓦砾，不过在阳光下并不显得荒凉。游客们穿着花色不一的柬埔寨民族图案裙子或阔腿裤，有年轻人把一条裤腿扯成了不规则毛边状，时髦而怪异。

成群结队的游客，穿行在石头之间。石柱、石庙、石阶、石墙……大体量的石头勾勒出历史沧桑的形貌。随处可见裸露在外的树根，盘虬交错，甚至绵延数十米，如形状各异的蛇——蛇是柬埔寨的图腾吗？不少地方有七头蛇、九头蛇的雕塑。站在石头之中，我想起文友王远的诗：

那时大地上空无一人
花朵迸裂，草木疯长
在杂草深处
我听见碎石轻轻滚动的声响
那是一场蓄谋已久的塌方

坦塌的、荒废的，却又从坦塌与荒废中，升腾起一股不可思议的神秘力量。这力量从每个角落、每块石头的内部透出。

"内战中，这里曾是红色高棉某位将军的最后据点，周围都埋有地雷，易守难攻。最后空袭把这里都炸得面目全非，石堆下面的森森白骨都重归自然了。"——知道了这段崩密列的历史，眼前的倾颓之美变为一种"文艺不能承受之重"。

导游小叶是华人，祖父辈来到柬埔寨。皮肤黧黑的小叶有一个3岁的女儿，他性格颇内向，之前是日语导游，这几年因中国游客兴旺，改做中文导游。他还有个哥哥，在金边当导游。小叶中国话说得比较费劲，有次我建议他，不如唱首柬埔寨的歌吧。小叶就大方地唱了，挺长的一首歌，听不出曲调，像念白。唱完他翻译说是首忧伤的歌……歌曲的原唱是柬埔寨20世纪70年代一位著名歌手，死于"红色高棉"时期。

"他是最棒的歌手，谁都比不上！"说话慢吞吞的小叶突然语气相当坚定。

我没听清这位歌手的名字。后来查资料，"尤尔奥拉朗原本生活在法国。没有人知道为什么他选择在祖国正处于风雨飘摇之中的1974年回柬埔寨当歌手。他的歌大多描写生活小事，红色高棉掌权后，奥拉朗下落不明"。

我不知道小叶说的"最棒的歌手"是否就是这位尤尔奥拉朗？

在"红色高棉"三年零八个月的管治期，柬埔寨估计有40万至300万人死于饥荒、劳役、疾病或血流成河的迫害等非正常原因，被称为20世纪最大的人为灾难之一。

一切终于过去，中国台湾作家蒋勋写过一本《吴哥之美》（他为此14次游历吴哥），里面说道："在战乱的年代，在饥饿的年代，在血流成河、人比野兽还残酷地彼此屠杀的年代，他们一直如此静穆地微笑着。我静坐在夕阳的光里，在断垣残壁的瓦砾间，凝视那一尊一尊、高高低低、大大小小、面向四面八方、无所不在的微笑面容。他们的微笑成为城市高处唯一的表情，包容爱恨，超越生死，通过漫长岁月，把笑容传递给后世。"

他说的，是巴戎寺中那49座巨大的四面佛雕像。佛雕像高达3公尺，典型高棉人面容，个个面带笑容，丰鼻厚唇，双目内敛，据说是建造巴戎寺的神王阇耶跋摩七世的面容。

到巴戎寺时是下午，举目所见，皆是丰富且生动的石雕，题材涉及古代战争、寻常百姓的生活百态、自然风光等。整座寺庙采用佛教教义的须弥山为概念而起造。中央拔尖、磊磊环堆如同玉米外形的高塔代表须弥山，四面城墙象征喜马拉雅山，城墙与第二层建筑之间的环沟空地代表大海。

49座佛像，一共216张笑容。上挑的丹目，鼻若悬胆，嘴唇向上深深弯起，额冠上有精细的雕刻纹饰。穿行佛塔间，你总能看到佛像含笑的面容——你讶异于这大堆粗粝石头构建而成的笑如此柔软、慈宁。这是"照见五蕴皆空，度一切苦厄"的笑，无论从哪个角度看，都无比祥和、圆满。

我的作家朋友詹谷丰先生在文中写道："吴哥古城的巴戎庙成了人类微笑的中心，巴戎庙这座迷宫一般的伟大建筑上的每一块石头，成了人类微笑的源头。"

让高棉蜚声世界的还有一个带前缀的词"红色高棉"。据柬埔寨历史资料收集中心报告，他们在全柬埔寨170个县中的81个县进行了勘察，在9138个坑葬点发掘出近150万个骷髅。法国学者吉恩·拉古特发明一词"自我屠杀"来形容红色高棉。

两个"高棉"，不同的前后缀，一个象征残酷的屠杀，一个指向和平的信仰。

从屠杀走向和平，从"红色高棉"到"高棉的微笑"，这中间是尸横遍野的硝烟，以及历史自身勉力的修复。

1998年，柬埔寨才彻底结束内战，这块落后贫瘠的土地，当硝烟散去，以和平的面目迎候游客们到来，去参观它的文明古迹与风土人情。有人说，红色高棉的伤口正在这216个不同的微笑里慢慢地愈合着。而我原是为着一个不免有些浪漫的理由来看吴哥窟，感受到的却是那一座座石雕背后的沉重历史，乃至忘记了看看哪个树洞有可能藏着周慕云先生的秘密。

指　认

他要和它们建立全新的关系：

一个人和一片叶子，

他想，自己也不过是一片人形的叶子，

而这片叶子也自有完整的生命。

——徐芜城《一个青年的肖像》

马头山，位于江西资溪县境内，是全省面积最大的省级自然保护区，森林覆盖率达90%以上。沿着山路进向林场，如果车上没有吴先生，大概这也是一条寻常的绿色之路。满目苍翠，植物丛生，可我几乎不能准确说出任何一种。

没见吴先生之前，我已听说了他的事迹：护林45载，走遍保护区的山峦沟壑、犄角旮旯，凭自学成为植物专家。连高校的林学教授都请他帮带研究生，教学生们认植物。他还发现了濒临灭绝的国家二级保护野生植物"蛛网萼"和我国独有的大型野生棘胸蛙。

未见面之前，脑海里的"吴老师"是个专家样子，一见面，却是肤色黧黑，质朴如山林里的一株野树，身上那股充沛的自然元气全然是在山中摸爬滚打出的。

有他在，这条路就不同了。他坐在副驾上，时不时地指挥车子在路旁停下，第一次停下是因为山壁上的几株野百合。原来这就是"仿佛如同一场梦"的百合，清瘦地顶着一朵似绽非绽的花苞，但吴先生说，花期已过，这是花已开过的蒴果。

车子再次停下是因为"九死还魂草"，这听上去像武侠小说中的神奇玩意，令我儿子乎乎一下兴奋起来。下车后，吴先生摘下一朵扁平状的蕨状植物，它就是"卷柏"，民间称"还魂草"，有极强的抗旱本领。据说把它制成标本，保存几年后，取出浸在水中，仍能"还魂"生长。但同时，它对环境要求高，若空气中有污染，它会真的死去，再不"还魂"。

前方，山壁上探出几枝未开的细长花蕾，吴先生说这是"黄花"，也叫"金针菜"。新鲜花朵内含有毒性的秋水仙碱，日常食用的黄花是取花蕾晒干。儿时，我父亲常用干黄花菜浸发后炖炒，有股特殊味道，我不喜食，但喜欢它的另一个名字：忘忧草，也称萱。《诗经》载：古代有妇人因丈夫远征，遂在家栽种萱草，借以解愁，从此得名"忘忧草"——之前，我想象它是紫色或蓝色，有露水的梦幻气息，不料却是宜食、家常的植物。

这条山路，走走停停，那些往常会忽略而过的草木被指认，从易混淆的广大绿色中显现，被认真地介绍——它们的学名、小名，不同的芳香习性，温肾健胃，行气散结或疗痛止吐，治无名肿毒……

在马头山林场近半世纪的行走中，吴先生和每株树、每一丛灌木都走成了亲戚，谙晓它们的脾性、底细。他对这片山林的熟稔，像对生于斯长于斯村庄的熟稔。喏，东头第一户是四毛家，四毛样子粗黑，性格却温吞；那条石板路右拐住的是五福，擅酿谷酒；还有西头的二娘，不苟言笑，却是个热心肠……

山路两旁的绿意涌进车窗，在"山苍子"树前停下后，吴先生说，其香精可提炼制成风油精。用手一揉，果然散发浓郁的精油味，在闽地，百姓还用它的根熬汤来解乏、下火。

这片山林，不再是稀里糊涂的一片绿，它们有纲有目，有族有属，甚至还有性别——吴先生指给我看，这枝落在地上的青色木莲，就是用来做白凉粉的，不过这枝是公的，不能做，掰开里面是空絮状的，有籽粒的母木莲，可以做凉粉。

乎乎想采一朵"还魂草"带回家种，午饭后他在镇上到处寻，回程山路也一路朝车窗外张望。吴先生告诉他，这一段路没有"还魂草"，等到了有的地方，带他去采一株。乎乎很高兴，也有些不大信——这些看上去一模一样的山路，怎么知道哪一段路上有呢？

车子行驶到某一段，吴先生突然让停下，他领着乎乎下了路基，像去走亲戚。在一条小溪边，他让乎乎等一下，他去到溪的那边，果然采回一株"还魂草"，像从亲戚家取来一样物件——这座山，对我们来说如此浩荡杂沓，对吴先生，却是井然有序，他像山神，谙晓每种植物的存在与分布。

与谁共度一段路的确是重要的，若没有吴先生，这段路就会湮入以往的山区旅行，湮入层峦叠嶂而又不辨彼此的绿中。现在，对植物的指认，为这漫野的绿打上标点，使之分行，成为诗。

走过山岗的

鱼

怎么度过一生呢

长出手，长出脚和思想

不死的灵魂

仍无处问津

女诗人陆忆敏的诗，把"鱼"换作"植物"大概也行。遍布山岗的植物怎么度过一生呢？它们隐姓埋名，无人领会，而这一瞬，你知道了它们中极少部分的名字与脾性，便恍然觉得在漫布的绿中包含着一种呼喊，它们被持久封存，在沉寂中等待指认。

你意识到植物的差异性存在，在"植物"的统称下，它们各有来历、性格。绿和绿是不同的，如果你肯驻足，观察它的叶脉、树轮，叶子在风中的颤动，光影在其上的跳跃，你会同意，树和树，确是不同的。

"知人识物"，可惜现代人精力多花在"知人"上，而忽略"识物"。物的面目越来越模糊——这一代孩子分不清葱、韭、蒜不是什么笑话，是普遍存在的事实。

某天，置身自然，当我们因某种植物的美而欣喜地想喊出它的名字时，是不是只能失语？

一个名字，使之区别于千万个名字。人如此，树亦然。在驻足、注视它之前，只是棵寻常的无名姓的树。一旦你唤出它的名字，它在唤声中复活，有了具体的生命，真正地成为"这一棵"。

这指认，使树与人，都获得了一种新的含义。

去　游　埠

2022 年国庆假期，我们一家陪 78 岁的父亲回江南故乡，先到金华，再到兰溪游埠，夜宿游埠，次日去镇上喝早茶。

我搜了下游埠的资料，村庄的名字充满古意：梅屏、邵家、沐澡塘、潦溪桥、滕家圩、西山王、范院坞、东山项……它的前街，也就是今天的解放街。街口一面"江南第一早茶"的旗帜召唤着来自八方的食客和摄影师，据说早茶凌晨三点即开始，声名在外，已成一打卡之地。

我们八点多到的老街，人声鼎沸，各种吃食令人眼花。梅菜饼、萝卜馃、肉圆、豆腐汤团……每一样都亲切，都是自小熟悉的故乡吃食，父亲全会做，这些食物无不需花工夫，雅致精细，是江南之特有。

如一道鸡子馃，兰溪特色小吃，要将蛋液灌入包着葱与肉的饼中，制好的饼皮薄馅鲜、多汁鲜嫩，一口下去全是葱与肉的混合香味。还有豆腐汤圆，也是细活。新鲜豆腐要把水分沥出，豆腐不能太干，不然没有黏性；也不宜太湿，不然汤圆难以成形。豆腐包着瘦肉，呈现出丸子状，再将这丸子倒入另一只盛满淀粉的碗中滚动，让其均匀地沾上粉，再滑入骨汤微沸的锅中。待豆腐汤圆浮起便可盛出，撒上葱花，晶莹鲜美。

老街食店的店主都是"功夫"老手，再复杂的制作程序在他们手中如行云流水，一气呵成——不快不行，排着队的食客候在一旁垂涎。

　　"埠"，意为停船的码头，后发展成为集市贸易的地方，即所谓的"商埠"，位于浙江金华兰溪西南的游埠镇，东南临衢江，自唐宋以来，就是重要的水陆码头和货运集散地，它与桐乡乌镇、湖州南浔、义乌佛堂并称"浙江四大古镇"。

　　在到游埠前，我对这个地方的印象始自浙江永康的文友骁锋兄写的《游埠早茶》一文。不，应当是更早前，父亲回故乡兰溪，表叔发来的照片，他陪父亲在游埠镇喝早茶，照片上，氤氲着食物袅袅上升的蒸汽，一张张旧门板铺就的长桌充满古早气息。

　　在食物的香气中，再决意节食的人怕也把持不住，不由兴兴头头地尝下去，刚出炉的食物散发着新鲜"镬气"。五百多米的街上食肆相连，挨挨挤挤，让人想起沈从文先生笔下的热闹，"大街头挑担子叫饺饵卖米粉或别的热冷吃食的，都把担子停搁在人家屋檐下，等待主顾。生意当时，必忙个不息……"不同的是，在这条老街上，店主不必等主顾，倒是主顾等店主。

　　走在人群里，感受市井烟火的踏实，即使吃不动了，闻着香气在摊前站站也是好的，那是用文艺语言称之为"生之喜悦"的情绪，和春日的万物生发一样，古老而蓬勃。

　　父亲带着一种对"吾乡"的自豪给我们指认各种食物，讲他的童年记忆，童年的大饼油条，还有 20 世纪七八十年代老兰溪人无人不晓的光明点心店，要能在里面吃一碗馄饨或豆腐汤圆，那叫一个心满意足。

　　光明点心店早就没有了，吃食传下来，同烟火与蒸汽一道，香脆的梅菜酥饼，扎实的肉沉子（相传是物资匮乏的时代丈母娘招待女婿吃的），大饼油条……构建起小城朴实而安定的日常。

　　作为"钱江上游第一埠"，游埠曾是浙江中部最繁华兴盛的商埠，镇上店铺林立，商贾云集，据说早茶的由来是当时工人一大早搬完货物便聚在一起早饭休憩，逐渐形成早茶文化。

镇上老人早睡早起，老早便约在相熟的茶铺吃吃聊聊，一条板凳坐了大半辈子，乌黑瓦亮。骁锋兄曾写，有次晨曦初现，他去游埠早茶的路上，遇一老者，语气不无夸耀地说："我今年九十三岁，每天早上走五里路过来喝茶。"

这次到游埠，的确见茶馆内不少老茶客，正自在喝茶，偶然瞥见一小茶馆内一老人背影，竟似我祖父、瘦高、微驼。他身旁的另一光头老人，短须浓眉——不知兰溪籍的名僧贯休是不是就这副样貌？贯休是唐末五代前蜀画僧、诗僧，七岁出家，擅画罗汉，有《禅月集》《十六罗汉图》存世，留诗句云："一瓶一钵垂垂老，万水千山得得来"，也称"得得和尚"。镇上中山街有他的纪念馆，进入馆内，墙上挂着贯休名作《十六罗汉图》的拓本，人物皆"奇貌梵相"——那是贯休对罗汉精神面貌的刻画。

小城还有一家收藏了许多相机的"郎静山纪念馆"。静山先生是兰溪游埠镇里郎村人，中国最早的摄影记者。他运用绘画技巧与摄影暗房曝光的交替重叠，创立"集锦摄影"艺术，在世界摄坛上独树一帜。郎先生的摄影作品在今日看来仍毫不过时，大概是因为在那个年代，郎先生已颇具现代意识，把摄影变"写实"为"写意"，利用多张底片，数次曝光于一张相纸之上，这种技术可以将"吾国绘画之理法今日施于照相也……于尺幅中可布置前景、中景、远景，使其错综复杂，幽深雄奇"。

1934年，上海永嘉路正蕃小筑的暗房里，郎先生不断尝试后，诞生了第一幅成熟的集锦摄影作品《春树奇峰》，气韵生动，寥廓茫远，他兴奋得当天与好友张大千彻夜长谈。

纪念馆的馆长卜宗元先生自澳大利亚归国，热爱摄影与收藏，馆内的几千台老相机都是他从世界各地搜罗而来。他带领我们楼上楼下地参观，注视每台相机，眼内充满深情。不少相机是费尽周章，从民间或海外收购而来。

在没来游埠前，我心念着美食，奔烟火市井而来，不承想，在这样的老街与历史文化撞个满怀。吃饱喝足，放眼看小城，依河成街，街桥相望，马头墙与黛瓦白墙辉映成江南图画，路旁杂货店售卖编织用品、手打农具，与老宅和拱桥一同还原着一个古典中国，而手机与镜头的咔嚓声又提醒着时代的迅变。

这大概正是理想小城的样子吧，有绵延历史，有风物节令，也有与时偕行。

小 馆 记

　　小饭馆或小食店的风味往往令人印象深刻，那缘于"小"而得以浓缩、分明的民间味道，多半不会令人失望。

一

　　金华兰溪，人民路上有家鸡子馃店，晚九点后似才营业。那时还没开门，我们站在门外等，状近痴情。本冲着外酥里嫩、葱香混着鸡蛋香的鸡子馃而去，白粥为佐，不想，第一口，粥的香味便在口腔里曼妙地升腾，顶到上腭后散开，那瞬间带给口腔的温存体贴让人想到《随园食单》中说的："必使水米融洽，柔腻如一，而后谓之粥。"

　　之前，从没觉得粥有何特别。《周书》有载，"黄帝始烹谷为粥"，粥不过是中国人早餐桌上最寻常的一道，平淡无奇。然而，兰溪人民路上这碗加了一点点碱的粥，让我突然感受到粥的境界，不著一字，尽得风流。难怪曹雪芹先生在《红楼梦》中写到粥的就有六七个回目。

　　以后，每回故乡兰溪，必去喝一碗粥。

二

黄龙，寒冷使我和母亲放弃上山，在山脚下转悠。有不少卖青稞饼的摊子，黄油煎的，薄薄一张，味道清爽，热度宜人。因为冷，竟不知吃下多少张。还需要多少张饼才能驱走体内的寒气呢？

那是我和母亲为数不多的共同的旅行之一，一路上因观念差异，闹了数次别扭。而现在，母亲因身体原因，已几乎不出远门了。我很后悔，那次旅行，我该让着她些，不该那么急躁。

在那趟旅行中，我们深夜从黄龙回到下大雨的成都。次日听说发车晚几个钟头的一辆旅游中巴因路遇泥石流而出事，几位乘客遇难。他们也是从黄龙下来的，我想，他们也应吃过了黄油煎的青稞饼。

三

赣地小城泰和，一个美食风气浓厚之地。泰和西北面的禾市镇，因此地以前的禾谷交易而得名，名字就透着古早气息。

菜上桌前，我宣称自己早餐吃得过饱，吃不下什么了。先上来一碗鸡羹糊，内有豆腐肉末之类，看似无奇，尝一口美味极了，让人想到汪曾祺先生的家乡菜"汪豆腐"，它与南昌的传统菜"糊羹"（又名"福羹"，取其口彩）也颇近似，只是芡勾得更稀，如一幅淡水墨。

几勺羹下去，发现"早餐吃得过饱"的宣称实在过早了些。

再上来一盘据说未加一滴水烹饪的鸡，香气四溢，姜香、酒香混合着鸡肉的鲜美，让我这个本不大吃禽类的人味蕾发生了奇妙的变化——《射雕英雄传》里九指神丐洪老帮主最爱的"叫花鸡"，或许就是这般好吃？

再来一盘黄颡鱼（别名"黄丫头""黄刺骨"等），也让人惊艳，是未被污染的江河的味道，是沈从文先生在《湘行散记》中写到的："河鱼的味道我还缺乏力量描写它。"

童年时寄住在外公家，距江边步行不过七八分钟，常有渔民打了鱼就在江边交易，便宜、新鲜。篓或盆里，大大小小的鱼翕动着唇，滑腻的鳞片闪着光。有回家里吃鱼，我因和伙伴玩耍晚归，一碗烩杂鱼已所剩不多（那已是外公从众多筷下替我留下的）。几下划拉完鱼肉，用剩的一点鱼汤泡饭，有冲鼻子的鲜香。现在，杂鱼锅是不少南方酒店的招牌特色菜，那年月只是家常，江边人家去得晚了，把渔民剩的三五种杂鱼一并倒担要了。小餐鱼，昂刺鱼，小棍子鱼，运气好有时还有几条小鳜鱼，菜籽油煎下，一把干椒，几片姜蒜，汤宽些，起锅前随手揪把窗台上盆中的葱。冬天，鱼冻也可当一道菜。

外公逝世多年，那个江边的家早已消失，赣江水仍在涌流。

四

南昌，隐于某条小巷中的小食店，招牌"墨鱼肉饼粉"，偌大的粗瓷蓝边海碗，洁白的米粉，翠绿的青蒜，墨鱼肉饼的鲜美夹杂米粉的爽滑——米粉和肉饼汤是南昌特色小吃，但能把这两样如此完美融合的，我只在这家小店吃过。

不记得是如何发现这间"宝藏店"的，我吃了可能有七七四十九碗，直到它消失——某个午后，从外地回来，我和当时的男友、现在的先生特意赶去，小店空荡狼藉。

街坊说，老街改造哦，店没了。

我向他们打听，没有确切消息。是搬了，还是不开了？老板是一个小个子男人，绰号"矮子"。他和那蓝边碗盛的鲜香的墨鱼肉饼粉去哪了呢？这种失落，近乎爱情莫名消遁，我简直想自费在本地晚报上登则寻店启示。

根据味蕾的回忆，我在家试做了几次，直到死心，材料都一样，但就不是那蓝边碗内盛着的味道。

或许，只有坐在那条喧嚷老街上的那间食客从早到晚穿梭的小店内，才能吃出那种让口腔里每个细胞都在跳舞的味道。

五

上海，漕溪路的一间苏州面馆，食单上写着"辣肉面"。苏州，辣肉面？能辣到哪去呢？出乎意料的是，竟然真辣，辣得过瘾，辣得上头。旁边一对情侣要的也是这种面，女孩辣得吸气，却不停筷，男孩微笑递水，看着她吃。

不知怎么想到了《半生缘》，沈世钧与顾曼桢初遇时的饭铺子，油腻的条凳，他和叔惠进来，三人点了蛤蜊汤。再之后，他们常去一家北方小馆子吃饭，三人凑起三菜一汤，桌上显得丰富些。有时，三人立在街上以烘山芋当作一餐也是有的。那时他们都年轻，不知往后等待各人的命运是那么驳杂，尤其曼桢，再遇世钧，她已阅尽沧桑。

小食店见证了许多普通人的故事。有多少尘世的感喟，藏身于这些小饭馆、小食店？

六

前阵回老房子，发现楼下一家湖南中年夫妻开了多年的牛肉面店关了。在这间小店，我曾解决过若干顿午餐（点的最多的是牛腩面加一个卤蛋），店门外一口大锅里总是咕嘟煮着各种湘式卤味，每回经过，香味都像在说："进来吃点吧，保管错不了！"

这对夫妻回老家了，还是搬了？站在转租的店门前，我怅然若失，然后赶紧去附近几家小食店买了一堆吃食：煎饼、发糕、麻花，还在一家老点心店买了些糕点——似乎这样就能为这些小店继续开下去出一点点力一样。

我是多么不舍得这些小店关掉啊！这些掌握着某样烹饪技艺的人们，勤勉而用力，他们经营的小店、小馆热气蒸腾，满是烟火。顾客来来往往，使简陋的小店充满明亮生气。就像汪曾祺的《捡烂纸的老头》中那家平民化的清真馆子："地方不小，东西实惠，卖大锅菜。炒辣豆腐，炒豆角，炒蒜苗，炒洋白菜。比较贵一点是黄焖羊肉，也就是块儿来钱一小碗，在后面做得了，用脸盆端出来，倒在几个深深的铁罐里，下面用微火煨着，倒总是温和的。"这样的家常小馆，弥漫着浓郁的市井风味，是你对一个城市怀有的感情中重要的一部分。

有哪些小馆或小店令你终生回味？

愿小馆长存。

四时故乡

浙江金华兰溪其实不是父亲的原乡，父亲的祖籍是浙江义乌佛堂镇倍磊村。某年火灾，祖屋烧毁，父亲的爷爷带领全家人外出逃难觅生，来到八十公里外的兰溪，从此定居生根。

重视亲伦的父亲曾回义乌倍磊村寻根问祖，那里是民国时期义乌"烟灶达千"的第一大村，村内至今保留近百座较完整的明清古建筑。有一次看到新闻，倍磊村入选第七批中国历史文化名村，父亲十分高兴，是种"与有荣焉"的自豪。

2022 年的秋天，离居故乡多年的父亲开始写点回忆故乡与童年的文字，从戎多年的父亲钢笔字硬朗，有金戈之气。我看着，鼻子倏忽有些发酸。当口述转成书面语，有一种慎始敬终的庄重，又似乎隐含一种向过去告别的伤感。

父亲的记录中，专门有一节"兰溪食物"。父亲回忆"盐卤豆腐干"——豆腐沥去水分变得稍硬些时，把豆腐放在草木灰中静置一夜。第二天，洗去豆腐外层的草木灰，再将豆腐放到有稻草的锅中煮熟，此时的豆腐被染成了微黄，还带有稻草的清香。最后一道工序便是把豆腐用炭火烘干。这样制作的盐卤豆腐干，放在冷水中能储存十多天，"腊月里做的豆腐干，正月里能吃很久"。

还有他母亲在世时逢年节必做的"肉圆"，把萝卜、肉丁和番薯粉团成丸状，上锅蒸制。儿时的肉圆，萝卜、豆腐多，肉少，但仍是父亲回忆中无可逾越的美味。

"故乡今夜思千里，霜鬓明朝又一年。"这沓纸上的文字，对 77 岁的父亲来说是又一次重返故园。

我想，我也应当记下一些故乡的四时风味。关于父亲，关于父亲的故乡，关于父亲与这些故乡食物。

元旦。

为迎接从上海回来休假的外孙，父亲很有兴致地说要包汤团。浙江兰溪的汤团以发酵过的水磨糯米粉做皮子，香菇、笋丁和肉做馅，尾部有个小逗号般的弯钩。皮薄馅多，其味鲜香。

我在厨房看父亲包汤团，突然想到，在赣州采访民间文化的传承时，有位收藏家告诉我，十年前，他祖母去世后，她以前常做的一种客家美食（用芋头、鱼肉和红薯粉制作的一种食物）也无人再做了。收藏家说，后面和家人试做过几回，味道总不对，他说祖母在世时，要是详细问问她制作方法就好了。

汤团出锅，盛在碗内，晶莹的汤面上点缀猪油与青葱，似一幅江南图画，这也是联结父亲与故乡的密码。

父亲十六岁离家当兵，辗转闽赣，从此于家乡是过客。他常常说及家乡美食——每次返乡，对父亲不啻于味蕾的庆典。

现在，他把故乡的汤团当作迎接心爱外孙的礼物，顺便纾解乡愁。看外孙小心翼翼地咬开那只滚热汤团，他一脸满足——此刻，昔日兰江的粼粼波光，夏日的弄堂，屋后满山的野梨树，尚义堂 18 号石板路边墙上的青苔和阵阵蝉鸣，通过汤团熟悉的香味又回到他跟前了吧？

父亲总是不倦地讲述着故乡风物与味道，两鬓染霜、年近八十的他声音洪亮，眼睛发着光，那一瞬，像那句流行语"归来仍是少年"。是的，只要提到那个地处钱塘江中游的浙西故乡，父亲的神情永远像个出走的少年。

元宵。

父亲口中的故乡元宵正如诗中写的，"好戏/要唱过正月十五/唱戏的吃罢元宵/照他们回家的红灯笼/挂满了街道"……

鞭炮声时而密集，时而零星。窗外阴雨，父亲在厨房蒸馒头和糖糕。离浙多年，他仍保持着老家浙江金华的饮食习俗。正月期间必吃的蒸馒头是金华地区独有，发酵用到酒酿，口感暄软，用来夹滋味浓郁的红烧肉或梅菜扣肉，是父亲的最爱。

蒸汽弥漫中，我与父亲闲话。他说，我们老家过元宵，才叫一个热闹！哪像如今年节，人人勾着脖子刷手机。那时节，舞龙的，舞狮的，光龙就有板凳龙、竹叶龙……狮子坐在轿中，装扮得分外漂亮，锣鼓震天，人声沸腾，舞着舞着，就见狮子从轿中腾地一跃而出抢彩球，那叫一个好看啊！

父亲像一个民间说书人，把元宵的情景讲得绘声绘色。讲起故乡，他总乐此不疲，眼睛发亮。他的数次描述，在我眼前幻化出一幕：响亮欢乐的锣鼓声中，流光溢彩的龙在江南夜空下游走，兰溪小城中，路旁人们扶老挈幼，喝彩鼓掌，好生欢喜。

"兰江街道大阜张灯会在近千年历史长河中一直未曾中断。大阜张彩灯在河西（兰江以西）久负盛名。其主要特点是板凳桥灯多，具有数株龙灯同舞的特点。"我偶然看到一段资料，资料中说兰溪永昌街道樟林板凳龙始于清康熙盛于乾隆年间，太平天国期间日趋衰落，新中国成立后停止活动。樟林板凳龙盛时有上千轿，并有 72 桌台阁相辅佐，桌桌制作精细，结构灵巧，其栩栩如生，灯之精彩，方圆百里无人不晓。

父亲最喜欢的正是板凳龙，粗犷豪放，龙头雕刻精美，火把、铁铳都在龙头，有的打击乐在龙头开路，吹奏的在龙尾压轴。负责耍龙头的必是厉害角色，倘力气不够或技艺不精，便会被龙身包围或向后拖去。观灯者也爱在龙头凑热闹，追随龙灯而去。龙灯所到之处，家家户户皆开门迎接，打赏红包，以求吉兆，四处一片太平景况。

有一回，父亲一路跟随龙灯队迷了路，一直走到了近郊。当时天黑透了，近郊十分荒僻，好在路边一家开小杂货店的夫妻好心肠，把父亲送回了家。男人还是让父亲骑"琅琅"（音，指骑在脖子上）回来的，走了不短的路。次日，祖父拎了两条鱼和几包糕点上门表谢。

"这对夫妻如今肯定不在了。"父亲有些感伤。

远去的童年，回不去的家乡，是父亲永远的心结，也只好通过莼鲈之思不时追忆。

立春。

父亲打电话给我，说包了"烧渥"会送来，兰溪叫"铜钿包"，以落汤青、瘦肉、笋丁调馅，用豆皮包成小长方形，油煎后皮色金黄，馅子青翠，我一口气可吃七八只。

落汤青也叫"大仙菜"，稍有苦味，传说是黄大仙治病救人后的药渣作为肥料供其生长，因此称"大仙菜"。金华人叫它"三月青"，是因炒熟后青碧如玉得名，用来切碎烧泡饭最好，或与千张、豆腐同炖，一青二白。

有位徐姓同乡曾写帖，"落汤青，此菜吾乡独有，别处未尝见之。大叶，色青暗，多皱如老妇颜面。时令秋冬，唯落霜后味始佳。盖经霜冻而苦味始除也"。

吃不完的"落汤青"，父亲制成梅干菜，用袋子扎紧，内附小纸条，写上哪年哪月制。梅干菜烧肉是家中常吃的一道菜，肉吃完，余下的梅菜，父亲揉上面，煎成一张张薄而酥香的梅菜饼——那也是奶奶当年会做的。奶奶会做各种食物，让父亲记忆深刻的是炕大饼。20世纪50年代，一些修铁路的北方人来到兰溪城，带来了用小苏打发酵大饼的做法，奶奶学会了——但做好并不易，小苏打多了饼发苦，少了饼发不起来。奶奶掌握得很好，并用一些小葱使北方的饼具有了南方气息，成为父亲终生难忘的美味。

"那时标准粉一毛七一斤，富强粉二毛四一斤，是供应干部的。"父亲说。标准粉是比较次的小麦粉，但对子女众多的家庭，标准粉也不是常能吃到，需逢年过节。

清明，父亲必回老家兰溪扫墓，顺道探亲访友，以及好好吃上几顿。说起故乡吃食，父亲有回忆的辛酸，更有孩子般的显摆与得意。他常说，我们兰溪的吃食啊，别处可都比不上！

这点我完全同意父亲，兰溪饮食之所以发达，同旧时的经济繁荣有关，这主要得益于水陆的兴盛。宋室南迁，建都临安（今杭州），江南地区一跃成为全国的政治经济文化中心。兰溪处"六水之腰""七省通衢"，成为贯通浙西皖南以至闽赣的交通枢纽，凭水路之利，三江交汇，八省通衢，各帮技师云集兰溪。其中以徽港帮、宁绍帮和本地帮为主，其余闽赣两省、苏杭一带和金华八县的技师亦散处城乡。

交通带来经济繁盛，也引入八方食俗，于是有了兰溪众采之长的繁多吃食。据说老报人曹聚仁先生一回家乡，就要寻觅兰溪酥饼——那也是我自小吃到大的食物，风味最佳的是桶中现烘出的饼，热度激发之下的饼香愈发令人垂涎。

此外，女埠的大青豆，衢、兰两江沿岸的黑白芝麻，马涧的杨梅，南乡的乌节糯米，北乡的柿枣干果，东乡的蜂蜜、莲子、藕粉，俯拾皆是。光清明粿就有若干口味。有年清明回去，表叔送来岳母制的清明粿。甜的用红糖、猪油和芝麻为馅，叫"青粿"。咸馅以笋丁、酸菜和豆腐干为料，两种都好吃，其美味让人想到汪曾祺先生说的："四方食事，不过人间一碗烟火。"

端午。

空气中弥漫艾草香时，父亲问我，"五黄三白"是什么？

我答不上来。父亲告诉我，五黄为雄黄酒、黄鱼、黄鳝、黄瓜、蛋黄，三白为蒜头、茭白、白鲞。这是兰溪端午食俗中必吃的几样，当然还有粽子，名闻遐迩的嘉兴"五芳斋粽子"据说源自兰溪。

以前常看姑婆和婶婶裹粽，糯米伴以三伏老油、陈黄酒，粽箬选用汤溪伏箬，包扎不漏气，扎好的粽子为枕状方形，蜜枣赤豆粽、板栗排骨粽、蚕豆肉粽，只只裹得紧实，馅料鲜香，吃上一只管饱。

父亲端起浓茶，啜一口后说："过去端午啊，孩子都要佩戴五色线缝制的香囊，男孩要穿老虎鞋，女孩要穿石榴鞋。杠蛋也是那天我们必玩的游戏，杠破的青皮咸蛋，半只可下掉一碗饭。"

饭后沏一壶浓茶，佐以甜点。江南人喜食糕饼，家家户户都会备些待客的小点心。如走亲戚，主人一定会热情招呼："来，吃点糕饼，弄点茶过过，覅（瓦音）客气哇！"

童年时，我回兰溪，亲戚之间走动，常拎着黄草纸包的鸡子糕（鸡蛋糕），上覆一张红纸，草绳扎好，素朴实诚。鸡子糕小长方形，中间呈圆弧形凸起，色泽金黄，口感松软。每年正月出门拜年，家家都会备这样一份鸡子糕。据说清嘉庆元年（1796 年）时有家"天泰鸡子糕"名声最响，因有位在店里当过学徒的伙计后高中进士，天泰号因此沾光。还有种叫"回回糕"的，染得殷红，夹着香甜的猪油、芝麻，同鸡子糕一样都有着浓厚的古早味——那是闽南人用来形容早先味道的一个词，也等同为手工的味道、怀念的味道。

橘红糕也是兰溪的传统糕点，一颗颗小巧可爱，柔软富有弹性，软糯却不粘牙，有原味，还有清凉的薄荷味，正宜佐茶。制作橘红糕的主要原料是糯米，磨成粉炒制后揉面，力道要控制好，不能用劲过大，反复多次，直到将面团揉透揉匀，再加入糖、红曲粉等，制糕全程都需手工完成。

这些点心现在也能网购到，却总不如童年在兰溪吃的味道——那是个肠胃与精神同样饥饿的年月，充满对食物、对甜的渴求。味蕾会放大每一丝珍贵的甜，那时没有人站在街头向你提问：你觉得幸福是什么？如果有人这么问，那时的我一定会回答：幸福就是一颗橘红糕。

夏至。

父亲每到天热便念叨，夏天一定要过好。苦夏苦夏，不少老人就是难过这一关，在夏天走掉的。

父亲夏天喜食绿豆糕，佐茶最宜。早先在祖父母家旁，就有一家手工糕点店，自制的绿豆糕绵软细腻，糯甜的江南味道。汪曾祺先生的文中写"绿豆糕以昆明的吉庆祥和苏州采芝斋最好，油重，且加了玫瑰花"。但江南点心恰是不重油的，味道清爽，是另一种风味。

父亲还说，夏至这天要吃馄饨。他小时，一到夏至，他便和小伙伴们去兰江游泳。去游泳前，吃上一碗姆妈亲手包的小馄饨，据说人便会和馄饨一样浮在水面不沉。

父亲的姆妈——我的奶奶已去世多年。印象中，奶奶极瘦小，眼窝深凹，头发紧紧地盘成一个低的发髻。那时我和姐姐回兰溪过暑假，奶奶常领我们去北门城头买青灰色的"毛豆腐"，切成片与当地特有的白辣椒同炒（有时放点虾皮），味道有些像臭豆腐，又不全似。起初吃不惯，后面习惯了，竟觉这菜有一种异香。好多年没有吃到了。

前阵子在赣南调研客家文化，桌上有一碟臭豆腐，客家称"盐蛋豆腐"，是客家人心心念念的开胃小菜。一尝之下，味道与兰溪的臭豆腐类似，入口的味道也近似，但后味不同，有点回苦。当地朋友说，发苦是因用烧石榴皮的水与茴香、花椒等配料一起发酵而成。

　　奶奶去世多年，她的妹妹，我们叫她姨婆的，却是高寿，已98岁了，父亲每年回老家都要去养老院看她，包个红包，同她说说话。姨婆以前留根黑亮亮的长辫子，现在头发盘成了和我奶奶一样的低髻。她的大儿子前些年去世了，大家都瞒着她。但有次她见到我父亲，流泪告诉他，老大走了——不知她是怎么知道的。

　　她每次见着父亲总有说不完的话，像再不说就来不及了似的。又像是自语，说来说去，都是那些老的人与事，父亲也未必全听清了，但他和姨婆两人顾自说去。

　　姨婆在90岁前还能自己制香肠，每年冬至父亲回去看她，她都要他带回几大包香肠，无论蒸煮都美味。后面做不动了，姨婆便提供配方请人做，比起她做的究竟还是差点。这些香肠冻在冰箱要吃大半年，立夏这天，父亲通常要做一锅豌豆香肠饭，香肠切丁，同豌豆、糯米焖成一锅香气扑鼻的饭。这天，父亲还会做黑凉粉，一口大锅用薄荷叶子熬好水，煮好的凉粉划成小方块，加糖和醋，还有冰镇过的灵魂薄荷水。午睡起来，来上一碗，成为夏天最美好的记忆。

　　秋分。

　　同乡战友五十周年聚会时，父亲回兰溪和一帮老战友驱车到老镇游埠喝早茶。游埠地处兰溪市西南部，东南濒临衢江，因古时为龙游县下游的商埠而得名。老街两边挨着各色茶馆、酥饼店、糕点店和面馆，皆人气兴旺，一只只老灶烟火缭绕，散发着肉香、葱香、梅菜香，卸下的门板架在长条板凳上便成餐桌，食客围桌而食，别有一番家常滋味。

　　这些小吃对父亲胜过盛宴，每一道都从味蕾贯通着童年。当年从兰溪出发的小兵们，现在全都两鬓苍苍，有些缺席的，已不在人世。

　　2022年秋天，国庆假期，我们陪父亲回金华，又去了次游埠喝早茶。当地朋友热情，特来陪同，叫了满满一桌早点。葱油拌面、汤团、肉沉子、炒粉，各色糕点，耳边是乡音，桌上是乡味，对父亲来说，这是个幸福满溢的秋日早晨。

父亲一个劲地向从小带大的外孙乎乎介绍当地吃食，劝他再吃块糕点，再尝个汤团，如同孩子向同伴展示他心爱的满架收藏。

在故乡的每一天，父亲脸上都挂着笑，每一道看食他都认真品味，他谦虚地请教店家，这盘南瓜饼为何煎得这么好？店家告诉他，南瓜擦成丝后，约略炒下，放凉后加入当年番薯粉、盐等，加水搅拌成糊状，再入锅煎制。他一听悟到，原来要用当年的新番薯粉，他之前总是用搁了几年的陈粉，难怪色泽味道不如这个。

桌上有一道"烂生菜滚豆腐"，他热情推荐。闻一下，我们摆手摇头，这大概是生长在兰溪的人才能喜爱的家常味，爱吃的人如父亲，觉得齿颊生津，念念不忘。不爱的，闻一下都觉得受不了。"有烂生菜滚豆腐，饭都要多吃一碗！"这道菜是由游埠当地的高脚白菜经过腌制，取其汤汁，与当地的盐卤豆腐搭配制作而成。

这次国庆回兰溪，照例去看姨婆。因为疫情只能在院子围栏边见一面。护工推老人出来，97岁的姨婆坐在轮椅上，眉目依然清秀，还能自己站起来，只是比起去年精力略不济。

我让乎乎和姨婆握下手，一老一少的手隔着铁围栏轻握了下，一双苍老，一双年轻，97岁与16岁。戴着无线耳麦听英文歌的乎乎，与近百岁的姨婆，隔着岁月山海。

故乡的美食，对离家的游子早已不仅仅是食物，还是返回，是抵达，是和解与原谅——原谅故乡当年那因贫穷而带来的种种伤害，尖锐的，刺一般的伤害，包括亲人间的。大半辈子过去，那些对父亲来说曾尖锐的东西皆消融在时间与食物中了。父母坟头的草长了一茬又一茬，尚义堂的老屋早已化作混在青苔中的瓦砾。

"片云天共远，永夜月同孤。"故乡对回不去的父亲来说，唯有四时味道。

一次无意中，我在网上看到另一位身居北方的老人深情记述兰溪食物："张怡裕的茶豆、茶干，门市只卖一个上午，如有剩余全部批发给酒店茶坊，过午不候，故摆巧风；肉店十有九家都卖卤猪头肉。因猪头一物，不是逢年过节无人问津，制成熟食出售，亦是推销滞销品之法；又如粥摊、馃摊、馄饨摊都出现点心，顺时而应，适得其候。"

文章开头还有首诗作为引子："药皇殿下汤包好，白侯庙里鸡粥稠。天泰茶食称上品，怡裕香干第一流。扑鼻香来鸡子馃，入口便酥卤猪头。季节小品说不尽，乌饭四月糕重九。"这位老人是 1991 年 7 月写的这篇记述，从简单字句里揣测他已离开兰溪多年，定居外省。

如今，他还在不在世？这些文字留下来了，被同乡晚辈的我读到，有难言的亲切。他和父亲大概有着相似经历，年少离家谋生，再也回不去，晚年忆起故乡，首先想到的是熟悉的食物和那些老店。

父亲也如此，时代在向前飞奔，他心中那根地平线却保留在某一纬度，那个从故乡出走的日子。

在兰溪的最后一日，早晨我们没在酒店用早餐，特地去到老街。母女俩的摊子有刚出炉的大饼配油条，夫妻档有猪油拌面和生煎小笼，老阿姨一人的摊子有鲜肉粽。老阿姨边装粽子边同我们闲话，原先她在兰溪化工厂上班——在计划经济年代，兰溪的工业很是昌盛。那时间，"浙江铝业""凤凰化工""兰江味精""云山制药""兰溪纺织"等等一批国有企业生龙活虎，后面衰微后，她从厂里出来，靠肉粽摊供女儿念了大学。现女儿在杭州工作，说接她去，她不肯，她舍不得这个摊档和吃了多年的老食客。

　　在各样摊档叫了吃食，父亲又端来几碗汤团，咬开，升起一缕热气，里面是青绿的馅子。热气中，父亲这位 78 岁的老少年埋头专心吃着，那碗汤团对父亲来说，此刻正通向一个完整的、父亲和姆妈尚在的故乡。

辑二 成长

苔花如米小

《舒吉·贝恩》是英国作家道格拉斯·斯图尔特的处女作，获得了布克奖——当代英语小说界的最高奖项，也是世界文坛影响最大的文学奖之一。

小说讲述了一个母子情深的故事。这个题材看上去很通俗，但作家写的却不是通常母亲对孩子的爱，而是写儿子对母亲绝对的爱，带着浓烈的半自传色彩，"作家借助儿子舒吉去阐释自我，理解并重塑母亲"。

现实生活中，斯图尔特和母亲在公租房里靠救济金生活。公租房是犯罪行为的滋生地，盗窃和酗酒问题泛滥。斯图尔特没有见过父亲，母亲有严重的酒精依赖，他说："即使在妈妈清醒的时候，我也不知道这段清醒能维持多久，她什么时候会再回到酒精里。"这难道不是个堕落、对孩子不负责任的母亲吗？为什么斯图尔特会为母亲写这么一本怀念之书？

出生于格拉斯哥没落矿区一个底层家庭的斯图尔特没受过任何专业文学训练，十六岁才开始阅读第一本书。他读了托马斯·哈代的所有作品，包括《德伯家的苔丝》，这是他第一次意识到"整个宇宙都可以在他的书里"。德伯家的"苔丝"也是他创作妈妈阿格尼丝这一形象的灵感来源之一。在小舒吉的心里，妈妈就是全世界，她是他最沉重的负担，也是他最明亮的星星。

是在阅读与书写的过程中，他理解并重塑了母亲吧。

如果没有对哈代的阅读，肯定没有《舒吉·贝恩》的诞生。原本，父亲不知所终、母亲酗酒，哥哥姐姐和小舒吉在几乎自生自灭的状态下成长，他们目睹母亲酗酒、发疯。哥哥姐姐相继逃离，只有舒吉留了下来，一直留了下来。他有许多放纵堕落的理由，但是他没有这样做。

他在糟糕的环境里，顽强地走向自己的光明之路。

这让人想起《你当像鸟飞往你的山》。作者是美国作家塔拉·韦斯特弗。这本自传体小说讲述了一位十七岁前从未上过学的女孩冲破家庭的牢笼，最终通过教育活出自我光芒的故事——她成了哈佛大学的哲学硕士和剑桥大学的历史学博士。

在一个偏执野蛮糟糕的原生家庭中，好在有哥哥泰勒的鼓励和帮助，小说主人公塔拉从加减乘除四则运算学起，最后竟然通过大学入学考试，开启了新的人生篇章。

在大学里，塔拉的认知不断地被颠覆。她了解了六百万犹太人遭杀害的真相，她知晓了欧洲是一块大陆，而不是一个国家。她开始明白自由是要争取的，包括反抗父亲和哥哥肖恩对自己的强烈控制。现在，文明与知识成了她的参照，教会她去了解真相、拓展思想、挣脱桎梏，成为想成为的人。

教育给了塔拉第二次生命，大学重塑了塔拉的世界。

从洼地向高处攀援，无疑是难的。

获得布克奖的斯图尔特选择了"爱"作为他的攀缘参照物，尽管爱在他的人生里如此贫瘠。爱让斯图尔特理解了酗酒的母亲，"她会从水槽底下拿酒喝，但她是我妈妈，你不喜欢她也没有关系"。他没有对母亲哀其不幸，恨其不争，只是默默地理解了无法摆脱酒瘾的母亲，并仍然选择爱她，记住那些与她共度的好时光。

美国女孩塔拉选择了"知识"作为参照物，教育清除了她眼前的蒙翳，使她见到文明的光。她开始喝咖啡，品尝红酒，扔掉高领衫，穿修身无袖的衣服。知识让她冲破牢笼，披荆斩棘地去和令人震惊的无知斗争。在高等教育里，她重塑自己的认知，像鸟儿一样飞向自己神往的那座山。

我想起自己当年那个迷惘的时期，是以什么为参照物呢？最初是没有参照物的，混沌、苦闷、无绪，如在雾中行进。后来进入到文学世界中，有了参照物，并且逐渐领会到作家们的参照物——

李白诗歌的参照物是浩荡山川，是开阔的地平线。《望天门山》中，"两岸青山相对出，孤帆一片日边来"，诗人由天地及心象，以游无穷。读李白的诗，是无人机俯拍的视角，诗人在高处一览众山小，对酒当歌。

屈原的参照物是香草秋菊、芰荷芙蓉。"苟余心其端直兮，虽僻远之何伤……吾不能变心以从俗兮，固将愁苦而终穷"，屈原以此表达他对高洁的追求；"亦余心之所善兮，虽九死其犹未悔"，他以香草高洁的精神浸润着自己的人格心灵，使"香草"构成了楚辞诗学的精神血脉，也浸润着中国人的文化心灵。

《红楼梦》的参照物是天地洪荒，"由盛而衰，由富而贫，由绮腻而凄凉，由娇贵而潦倒，即是梦，即是幻，即是此书本旨，即以此提醒阅者"。少年读时并未意识到这是本奇书，只记住了宝黛之恋，还有那食尽鸟投林后的白茫茫一片。成年后，才领会到它是部伟大小说，更是"假作真时真亦假，无为有处有还无"的哲学大书。

在文学的参照物中，我的兴趣爱好渐渐清晰起来，那是文字构建的世界。阅读使迷惘的那一片阴影在加速旋转后，成了心灵凌空飞翔的魔毯，穿越雨水与月光，引人进入到一个诗性天地中。

如果，那时没有文学为参照物，会如何呢？我并不知道。

即便在没有色彩、单调又枯燥的生活里，如果人们选择一样有能量的东西作为参照物，那么，生活也一定会有起色和改观吧？这件有能量的东西可以是爱、自然、希望、手工等等，它们反抗着无聊、空虚、浮躁、厌弃。

人生不可能像盛时的大观园一般，时常都有吟诗作画，饮酒烹肉，更多时候，人要学习与孤独相处，与困境相伴。

寻一个参照物，让生活里有微光。

"苔花如米小，也学牡丹开。"再不起眼的参照物只要有生气，就能让人获得多一点回应，就能让孤独也成为一种滋养。

从孤立走向独立

　　获得"第十届亚太电影奖最佳故事奖"的韩国电影《我们的世界》中，十岁的女孩李善长相平平，成绩平平，家境平平，在班上她是没有存在感也是被孤立的那一个。体育课上，同学们玩球，两组人都不愿意让李善加入。"石头剪刀布"输的一组不得不接受李善的加入，李善不知所措地想要加入游戏时，组员却冤枉她踩了边线，要把她淘汰掉。李善委屈地解释自己没踩线，可没有人替她说话。她站在圈外，呆呆地看同学们玩。

　　还好，新转学来的一个女孩韩智雅与李善成了好友。在一个小店，李善喜欢一盒彩铅，却买不起。店主态度不好，让她不买就别摸，智雅竟然偷了这盒彩铅出来送给她。

　　在李善家，两个女孩头靠头睡在一起，约定以后要一起去海边。清晨，李善缠着妈妈做紫菜包饭给智雅吃，母女俩的亲密刺痛了智雅——她父母很早离异，她和奶奶住，妈妈借故忙，很少给她打电话。智雅为了面子，和同学谎称妈妈在英国工作。

　　从看到李善母女俩亲密的这天起，智雅疏远李善，与班上成绩好的女孩宝拉玩到一起。为表现对宝拉等的"友情"，她和宝拉她们一起孤立李善，嘲笑她，最后，被激怒的李善也在班上说出智雅父母离异的家庭真相（她从智雅的奶奶那里听说的）……

　　她们在相互伤害中也伤害着自己。

　　电影中，李善的眼神让人觉得心疼——无辜、渴望友情、被孤立的尴尬。幸亏她有一位"很开朗三观正"也关心她的妈妈，多少能弥补些她被孤立的心酸。但，如果李善没有那么一位好妈妈呢，如果她的妈妈简单粗暴，从不关心女儿，被孤立对李善的伤害无疑会更大。

　　喜欢这部片子的视角，那是一个很易被忽略的孩子的视角，也是在国产片中很少见的视角。不少导演宁肯去演绎成人世界里最无聊的事物，也不愿或不屑抱着理解，去蹲下身关心与呈现成长中的问题——那其实并不逊于成人世界的复杂与残酷。

　　并不能因为是孩子，被孤立的感受就可忽略。正因是孩子，脆弱心灵感受的伤害才会更被放大。那种在人群外围尴尬地站着的感觉，于我也毫不陌生。

　　小学的五年中，我转学了三次。刚满六岁那年，母亲被车撞伤腿住院，父亲在部队，我被外公外婆提前送进一所街道小学，这所小学教学质量糟糕，我的成绩也好不到哪去。我在外公家散漫惯了，根本没有"上学"的概念。二年级下学期，我回到母亲身边，转进一所重点小学，至今记得教数学的班主任，站在操场上告知我次日要测验，她面色严肃，高大的身影乌云般直压下来，使得我对她与数学一并感到畏惧。

　　那时的我多么孤独，陌生的同学，从街道小学插班进重点小学的成绩落差，我没有朋友，时常独自回家。路两旁是泡桐树，在春天的雨水中，落满一地紫色泡桐花……

　　四年级时，因为搬家，我再次转学。第一次到班上，课间一位粗犷的"男生"过来问我从哪里转来之类。很快，我知道了，"他"姓方，是个女生，只是从不穿裙子。

　　这个班的同学中有一半以上是附近一个厂的子弟，划地段进来的，包括方同学。她有若干"粉丝",包括叽叽喳喳的几个女生,她们吃着方同学请客的零食,议论着班上同学。课间,她们有各种玩耍的方式,包括分几拨热闹地跳皮筋——这是我不擅长的,有时为凑人数,她们也叫上我,但我很快被淘汰,她们不再叫我。成绩好的女生也有团体,我当然也进入不了。所幸,有个女孩与我亲近起来,她有一头黑亮长发,苗条,性情温良。我至今记得她的名字,李元洪。放学后,我常去她家写作业,她找出各种零食和我一起分享,包括偷拿她妈为她即将高考的哥哥备的"小灶"——油炸花生米之类。她有个爱臭美的妹妹,外号叫"咪多",与我也熟。在她家的时光是我那几年最放松的时刻。

升入初中,她去了另一所中学,我们见面少了,但仍有通信,我有时去她家找她。再后来,我们彻底失去联系,有次我去找她,发现她搬走了,她家后院那棵无花果树还在。

初中班上有位高瘦女生,姓贺,是厂子弟,留过两级。比起班上同学,她早熟得多,成绩极差,她常与同样是厂子弟的同学议论各种是非。有一回,她和几个女生对我指点着,"她擦了口红",我听见贺说。我有些懵,要知道,父母向来奉行朴素为美德,从不许我和姐姐有打扮之念,口红就更不用提了,连妈妈也只有一盒"雅霜"。

贺的话却是不容争辩的,然后有一些莫名流言传开去。在班上,我越发寡言,成绩下滑。有次文艺排练,中午不回家,那天母亲因有事,忘记给我准备食物。午餐时,语文杨老师见我独坐一旁,问了情况后,她领我到一排女生前,让她们匀些食物给我。这时有人叫杨老师,她急忙走了。那排女生,继续聊着天,吃着东西,仿佛我不存在。

这些糟糕的感觉要挺久才能消化。所以我也特别理解《我们的世界》中的李善,经过这段被孤立的岁月,她会成为什么样的人呢?

在影片尾声,女孩智雅遭遇了和李善同样被孤立的尴尬。在游戏中,她被说"踩线",被要求出局。李善主动站出来为她做证,"她没踩线"——这是一个被孤立的女孩对同伴的理解，也是她对友情的渴望。就算被伤害过，也不能阻止这种渴望。

她们似乎不再像以前那么害怕了，她们试探着望向彼此，好像想从对方的眼神中寻求和解。她们似乎意识到，彼此需要的是一份真正的友情，而不是看起来"热闹"的友情。

当花上数十年，涉过成长之路，才会意识到，"孤立"其实是人生的科目一，如果通过考试，你会变得强大。

回想来时路，也许被孤立的无助，反让你添了独处的力量。被孤立，某种意义还说明你那时就有了自我的辨识度，你的性情中有着不泯然众人的底色。

在成人世界，一样有着各种孤立。性格、圈层、出身、身份，都可能成为被孤立的理由。有时，仅仅是因为行为习惯与他人不同，就可能被孤立。

但正是经历过孤立的人生，对社会和人性才有更多真切体察，才会更理解托尔斯泰说的，"人好比河流，所有河里的水都一样，可是每一条河里的水有的地方狭窄，有的地方宽阔；有的地方湍急，有的地方平坦。每个人都具有各种各样的本性的胚芽"。当见识过人性的复杂与幽微，人才会更懂得选择做什么样的自己。

被孤立的孩子，注定要走一条不易的路。它可能通向两条分岔：一条变得太在意他人，害怕冲突，不懂拒绝，宁肯委屈乃至伤害自己去维系一些虚幻的"友好"。另一条走向逐渐强大，自立自尊，变孤立为"独立"的成长之路。

电影中的女孩李善正选择了后一条，尽管她遭受了被孤立的伤害，她仍以良善向同伴智雅伸出了橄榄枝。相信她以及智雅都会通过这段被孤立的经历走向更开阔的地带。

深夜的月台

如今交通可是太方便了，火车不再是慢吞吞的绿皮车，呼啸的高铁把人们带往想去的四面八方。仅仅三四个小时，你就能从草长莺飞的江南去到干燥爽朗的北方。

我的童年，那时的火车还是慢的，拥挤的。每年的寒暑假，我和姐姐都被"扔"回浙江金华的老家——父亲的故乡，也是我们的籍贯地——那里有爷爷奶奶和叔叔姑姑，还有一个倚山的小院，以及好吃的美食枕头肉粽和"炸响铃"。

火车厢总是人满为患，烟雾中夹杂着孩子的哭闹。尽管车厢的空气不畅，充满着各种复杂的气味，但我们的心里还是挺兴奋的。出门对我们来说，有一种新奇的吸引，它是对日常生活的打破，父母的各种絮叨与管教总算可以暂时中止。

在吸引中，又混杂着一点莫名的惊慌与害怕。那时的我们，害羞胆怯，眼前这个拥挤不堪的车厢对我们来说，就像一整个混杂蒸腾的"社会"。有男有女，有老有少，有一路上嗓门震天的，也有一路上一言不发的。有板着脸查票的，也有去厕所逃票的。有穿着时髦、化着妆的阿姨，也有衣着潦草的农民……

这些热闹的景况使我和姐姐好奇极了！平时，"社会"对过着两点一线生活的我们来说，就像是一只灰色的大象，我们只摸到了这只象的一条腿或一只耳朵而已。

"无穷的人们，无数的远方都和我有关。"那时我还没有读到鲁迅先生的这句话，但火车厢正是这句话的写照。

那时的生活中没有网络，没有手机，没有电动玩具，没有短视频，没有动漫和手伴，有的是作业和卷子，生活就如歌里的写照："黑板上老师的粉笔还在拼命叽叽喳喳写个不停……多少的日子里总是一个人面对着天空发呆，就这么好奇，就这么幻想，这么孤单的童年。"

而火车，一下把我们带去了远方。它向前行驶着，使我们也成了远方的一部分。

在车厢，我们看到一个真实而丰富的人世——在旅客们的扁担和蛇皮袋中，盛着人世的辛苦；在窗外掠过的树木田野与峰峦中，涌动着课本里的山河；在站台上挥手送别的人们身上，弥漫着离别的忧伤；在用报纸铺着席地而坐仍谈笑风生的乘客身上，贯穿着生活的韧性。

这些我们当时并不明白，我和姐姐，两个没有父母陪伴的女孩，在行驶的火车上只是竭力克服着紧张与羞怯。列车到达通常是在深夜，我和姐姐下车，按父亲叮嘱的，在月台上等待——有位三姑父就在铁路工作，他是这个火车站的工作人员，会来月台接我们。

那个尚无手机的年代，我们只能在月台上等三姑父出现。他永远穿着蓝灰色铁路制服，胸前吊枚发亮的笛哨，两条如钢轨般瘦长的腿。也许铁路工作繁忙而琐碎，等三姑父的过程总是无比漫长，月台上的旅客渐渐要走光了，只余不多的几个人。再后来，只余我和姐姐，我们守在长而空荡的月台，身旁是简单的行李，空气中有江南特有的潮湿。夜色中，间或驶过的火车隆隆声响使周遭就像荒原，此时此景想起严厉的父母竟也是可亲的了。

学会等待，学会在孤单中耐心等待，这是人生给我们上的一课。

在我们以为三姑父大概是忘记了来接我们时，他终于出现了！从铁轨那边，他面带微笑，不慌不忙地向我们走来。我们松了一大口气，起身，跟在他身后，走向出站口。四周灯光昏黄，像为了不惊动一次微小的成长……

远方的生命版图

少年时期，我迷上了三毛的书，买或是借，把能找着的三毛的书都看了个遍。记得第一次看她的文章是在《读者文摘》杂志，一篇《西风不相识》写她如何反击那些欺负她的洋同学："这个世界上，有教养的人，在没有相同教养的社会里，反而得不着尊重。一个横蛮的人，反而可以建立威信，这真是黑白颠倒的怪现象。"她不理会那些"温良恭俭让"的传统礼数，对不平现象大鸣不平，该出手时便出手，奋勇维权，毫不退让。文章末尾一句简直荡气回肠："但愿在不是自己的国度里，化作一只弄风白额大虎，变成跳涧金睛猛兽，在洋鬼子的不识相的西风里，做一个真正黄帝的子孙。"这个女子，是何等的酷啊！

她知道自己要什么，她成全自己对这世界的热情，付诸万水千山的行走，即使是男子都不敢冒险涉足之地，她一样前往。她引领、澎湃过多少黄皮肤女孩的青春啊！我们跟随她的文字去旅行，看她步履惊艳洒脱，再远的沙漠岛屿于她仿佛一抬脚就能去到。她遍游世界淘来宝贝，在那本《我的宝贝》里，充满行走的风尘与"淘宝"之乐，全是她行走中收集的一堆物件，手绣、南美小城的双鱼别针、沙漠坟场老人刻的小石像、丈夫荷西在沙漠里为她捡的结婚礼物——一副骆驼头骨，甚至从垃圾车上抢下来的十几个老泡菜坛子……样样物件都是有血肉的灵魂，跟随一个女人的游历足迹。

而那时的"远方"对我们这些生活在内地，被分数攥在手心的孩子来说，只是地图上遥远的色块，是难以实现的地理名词。

跟随三毛的文字，我们去加纳利群岛，去哥伦比亚、古巴、洪都拉斯，去玻利维亚——这些地名本身像一串串神秘的字符。伴随纸页间清脆的驼铃，我们和三毛一同走进撒哈拉。那些荒山之夜，银湖之滨，那些迷城与夜戏……啊，不要问我从哪里来，我的故乡在远方，这个长发女子替代我们实现着行走天涯的梦，正如北师大张莉教授说的："对于我和我的同代人而言，三毛不仅是地理意义上的向导，更是精神意义上的向导。她让少年的我们知道，世界上还有这样的生活方式，还有这样的世界观，还有这样的女性形象。"

因为三毛，我领略了"远方"的辽阔。她说，我不住豪华的居所，这使我衣食有余；我不穿高跟鞋，这使我的步子更加悠闲；我不跟时装流行，这使我的衣着永远常新。她使我们领略到"羁旅"的光芒，领略到人世之幸福不是拥有城池，是与一人携手，行千山万水，爱这世上一草一木，一风一沙，纵使是拾荒也能用别样眼光拾出艺术，就像她用骆驼头骨、废轮胎也能在沙漠里布置出一个文艺的家。

在《我的宝贝》中，我印象深刻的是她写了许多石头。有一篇写她以为隔阂很深的父母，有次竟捡了两块石头回来给她，在那洗刷半天——

"你不是以前喜欢画石头吗？我们知道你没有时间去捡，就代你去了，你看看可不可以画？"妈妈说着。我只是看着比我还要瘦的爸爸发呆又发呆。一时里，我想骂他们太痴心，可是开不了口，只怕一讲话声音马上哽住。这两块最最朴素的石头没有任何颜色可以配得上它们，是父母在今生送给我最深最广的礼物。

　　我看了好几遍，简直不能相信世上有这么好的父母。多么幸运的三毛啊！我的父母，是不会这样的，他们反对我在"学习"之外的一切小动作，譬如跳舞，抄流行歌本，还有看课外书。在父母看来，这些闲书既不能建设国家，也不能提高分数。总之对于学习、前途无用的事物他们全不支持，更不消说捡几块石头来画这种"无聊"的事儿了。

　　我看得入迷，忘记了时间。那时是寒假吧，一听到妈妈下班的脚步声，我赶紧收好课外书，在桌前正襟危坐，摆出一副写作业的样子。我希望爸爸妈妈赶紧去上班，当家里只有我时，我便可以沉浸在书的世界中。

　　南方的冬天，院里的松针被冻得硬硬的，地上被踩过的脏雪留着小麻雀觅食的脚印。房间里的炭盆缓慢地释放着暖气以及二氧化碳。我坐在炭盆边，头有点眩晕，窗外寒风刮过，像要禁止一切生长，包括鸟儿啼啭和看不到的未来……然而在书页间，自动开辟出一条奇异的道路。它通往撒哈拉，通往南美的岛屿，通往欧洲的雨季，通往一个人所能到达的最远方。

　　她轰烈的一生成就了自己，也启蒙了一代读者对自由的向往。她曾对姐姐陈田心说："我活一世比你活十世还多。"她常说姐姐不够勇敢，不敢真实地面对自己，活在别人期望的角色里。三毛说："我要做我自己，不在乎别人怎么看。"她不同于姐姐，也不同于母亲——她的母亲是个典型的传统家庭妇女，为家事操劳，带孩子，就连想去参加同学聚会都要低声下气地求丈夫帮忙在家里照顾一天孩子。好不容易安排好家事，聚会那天，母亲穿上了高跟鞋和一件暗紫色旗袍，身上喷了香水，连同去的三毛，母亲都为她准备好了新衣。对母亲而言，这次聚会是一场多么重要的仪式啊，象征青春，象征曾经的自由。满怀期待的母亲却因为一场大雨，错过了那辆约定好时间来接她的汽车，眼睁睁看着汽车从眼前驶远。母亲追赶着汽车，嘶吼着："等等我——我是进兰——缪进兰呀——等等呀——等等呀——"雨水淋湿了她全身，分不清脸上是雨还是泪。

母亲终究错过了那辆车，但三毛没有。在书的黑白照片上，她赤脚席地而坐，背靠木门，膝前是一只皮质旅行包，披散一头黑发的她望向远方。从世俗标准来看，她不漂亮，不过"漂亮"应当不是她在意的评价，她追寻着一些比"漂亮"重要得多的东西。她的眼神，诠释了什么是灵魂的自由。

在我最觉得孤独、最渴求出走与自由呼吸的日子，三毛的文字打开了一扇门，它们幽默有趣，细腻温润，同时果决独立，它们展开了一幅远方的精神版图，开启了一个女性可以很勇敢的心灵世界。沿着她的足迹，我去到不同地域，在书中日行千里，晨昏兼程。她的文字远比地理书更引发我对了解这个世界的兴趣。在她的书中，贯穿着一条绵延的旅行线，带领我一直向前。在那些陌生的异国地名中，我看到地理的辽阔，也看到文化的辽阔。

多年后，当我也行走了许多地方，包括异域的许多城市时，同时我也像她一样成了一名写作者时，我知道她的书写有多么充满激情。她的灵魂本在路上。而我，我们，多是旅行者。撒哈拉沙漠和那些岛屿码头，成了不可复制的独属于三毛的生命版图。

从秋裤开始的成长

南方的冬天，寒气似铁，似乎一伸手，便会被空气中的冷粘住。我是个格外怕冷的寒体质者，对冬天的畏惧使我几次起念移居南方以南的城市。

南方城市多不供暖，冬天的湿冷就如刘驾的"百泉冻皆咽，我吟寒更切"。十二月下旬，一次雨夹雪的降温后，步行上下班的路上，寒气弥漫，好在有棉服可抵挡——某天清点了下衣柜，我竟有八九件羽绒服，包括一件能与被子媲美的深灰长鹅绒服，虽不够鲜亮时髦，却是冬日户外最有效的保障。厚实的面料，长度过膝，带毛领的大帽子，帽子一拉起，就像具有了一头熊面对严冬的信心。

秋裤，不消说，在寒流初临时我就早早穿上了，外裤也换成有厚度的牛仔裤或呢料裤子，加上一条温暖的羊毛围巾——简直想把这一身寄给我的青春期。如果彼时有如今的保暖观，可以少忍受多少寒冷？

那时，觉得所有厚衣服都是和青春过不去，都是用大妈式的臃肿羞辱青春。想不起那时都穿了些什么衣服过冬，记得的是，秋裤总是尽量不穿，要穿也是单薄连裤袜的那种。每一层衣服，在自我感受中都无限膨胀，都在损害着身材和形象。

在那荒谬固执的逻辑中，我度过数个寒冷的南方冬天。

一个时装编辑说，寒流来袭时，发现衣橱里很多衣服，竟没有一件保暖的。估计不少人对此心有戚戚焉，包括我，曾经一橱子乱七八糟的衣物，却没有一件是为寒冷准备的。

不仅没有足够保暖的厚外套，而且轻易不肯多加一条秋裤或一件毛衣。在旁人看来，那条秋裤与毛衣的厚度并不影响对一个人胖瘦的判断，但那时却非要诘难自己，以虐己来捍卫所谓的线条。

青春，太容易把一些事物对立起来，比如保暖和好看，按那时的逻辑就是有你没我，有我没你。哆嗦着，把自己当祭品般显示对美的忠诚。美却并不因此买账，你该是谁还是谁，寒流中哆嗦得再厉害，也没有因此成为颜值的担当。

"亲爱的，外面没有别人，只有你自己。"

很长一段时间，"我"的外面全是别人，唯独没自己。或者说，外面只有我所认为的他人眼光折射后的自己。

为这个陌生的自己，我做过若干伤己悦人的事，包括受冻。

冷的滋味真不好受，现在想起，关节还隐隐酸痛。

我姐从小的美学主张就是先得舒适，再谈好看。在不冻着自己的前提下，谈美才是有意义的。在她看来，"美丽冻人"这词是不成立的，一个人很冷时，就像很痛时，其表情、肢体必然因为忍受而有某种程度的变形，又怎么会美？

她从青春期开始，就不爱穿尖头高跟鞋，以及一切不舒服的衣物。那些冻着、勒着或挤着自己的衣物，再时尚，她也不穿。而且她觉得，那些冻着、勒着或挤着自己的衣物，多数是时髦，不是时尚。真正高级的时尚，必定是自然舒适。

那时候，在上海念大学的她总是穿得很暖和过冬，不像我面色青白，哆哆嗦嗦。她寄回家的照片，其中有张是她穿着厚厚的蓝色呢大衣，球鞋，牛仔裤。我亲戚赞扬说，真是位意气风发的大学生。

我那时想，她当然更有理由穿得厚实些，她比我高四厘米，不显胖。我病态地追求着"苗条"，因为对食物的过分热爱，没法节食，只好在衣着上尽量显得苗条些。

那些青春期的寒冬，瑟瑟地发着抖，风中单薄的外套，和单薄的外套一样单薄的审美和认知——觉得所有人的目光都会落在你身上，他们一准能看出你的胖瘦，而多添的一件衣服很可能影响他们的判断。

多么荒唐啊！胖子不会因为少穿一条秋裤就变瘦，瘦子也不因为多穿条秋裤就变胖，这个简单道理，我花了若干年才明白。

和这个道理一起明白的还有，他人的眼光并不像你想象的那样密集与关注，也并不值得过分介意。定义你的，不是少穿的那一件衣物或一条秋裤，而是你为内心的拓展而做的点滴。

"你内心肯定有着某种火焰，能把你和其他人区别开来。"南非作家库切说。是的，区分我们和他人的，是内心的火焰，而不是一条秋裤。

在某种意义上说，我的成长节点是从一件与冬季气温匹配的棉服或是多添的一条秋裤开始。不欺骗季节，不欺骗自己的体温，不受外物驱遣，诚实地遵从身体的感受。

如今的每个冬天，当寒意降临时，我一定穿上保暖内衣和羽绒服，或长或短，让它们簇拥着我，让我走在寒风中也不觉瑟瑟。

只有自在、舒适后才能谈其他。正如人与人的关系。在冬天，没有温度就没有一切。

温暖，自在——这是冬天最好的穿衣法则，也是人与人关系的最佳法则。那些需要刻意取悦与维护的关系，往往到最后会变形扭曲。

"去朋友家的体会是，我不用美丽，不用聪明，不用勤奋，不用可爱。我做自己就很好。能让你放松的关系，是最滋养的关系。"是的，放弃所有让人拧巴、难受的关系，只与那些可以让你"做自己就好"的朋友相交。这样的朋友，和他们友善的目光，无论你穿什么，多一件或少一件，你在他们眼中依然是独特的你。

诚实地做你自己吧，在冬天一定要记得穿暖。

谁的青春不迷惘

　　我的初中班主任姓蒋，是位瘦高男子，爱穿水磨蓝牛仔裤，腿长得好像可以伸下讲台，伸向教室最后一排。他与我姐姐的班主任吴老师，常联合家访。我和我姐，作为两种典型，在这个家访之夜分外凸现。

　　姐姐是优等生，老师谈到她都交口称赞，而我，向来是老师视线中那个不起眼、上课常走神的女生。

　　作为姐姐的班主任，吴老师家访时总是笑呵呵的，她从德智体美劳多个角度对我姐姐进行了表扬，说她完全符合附中这样一所名校培养的目标。而作为我的班主任——我真是觉得难为蒋老师了！我有什么优点可以让他向我妈介绍一下吗？我那时连作文也写得并不突出。可蒋老师并没有说过我什么不好的话，至少在我印象中，他温和地指出我一些无伤大雅的缺点，然后说，如果我上课更认真些，做题更主动些，学习效果会更好点。

　　因为父亲长年在部队，作为家访的主要接待者——我的妈妈，她坐在那，一会对吴老师表扬姐姐表示由衷的感谢，说希望姐姐更努力，以不辜负老师对她考上名校的期望；一会对蒋老师露出多少有点负疚而尴尬的笑。她不停地劝蒋老师喝水，好像这样就能模糊掉我的不够优秀。

　　总之，妈妈在我这里的失望，幸亏有吴老师对姐姐的评价作为弥补，这样就有了一个喜忧平衡的家访之夜。

在急躁的父母的责备声里成长的我，习惯了姐姐的优秀与我的不优秀，有时觉得自己简直是那句俗语里说的"死猪不怕开水烫"，何况蒋老师是温水，他指出我的问题之外总会给点肯定，虽然这肯定我想他寻找起来非常艰难。

我没有办法克服上课顽固性走神的毛病，公式定律对我来说味同嚼蜡，只有语文课，我勉强能打起些精神。其他功课，尤其是数理化——因式分解、勾股定理、直线、射线、线段，这些词语折磨着我。面对那些数学难题，我像陷在沙子里，越挣扎埋得越深。

当我觉得一道题很简单的时候，通常是我算错了。

好容易打了三页草稿纸算出来的答案，居然选项里没有！

一场数学考下来，听数学好的同学对答案，我怀疑自己和他们做的不是同一张卷子。

"有时候，音乐与品质无关，与荷尔蒙有关，与生命密码有关。"在许飞的歌声里，那个东面教室重现眼前。窗外是什么早不记得，应说不上风景，但黑板之外的任何事物那时都会被我当作风景。

"且将新火试新茶。诗酒趁年华。"那是另一些与我完全不同的人的青春飞扬。我的青春，从不曾飞扬，只有漫长的煎熬与等待。

乐器里，吉他最能代言青春，许飞的歌多是吉他伴唱，她的音色有特点，乐感准确的真声——许多歌手不屑表现的这点"真声"，好比写文章的人不舍得引经据典。

放了感情在里面的真声，淡里有点盐。

想到那时节，一个普通女孩的自我煎熬与成长，回看一切云淡风轻，并没什么称得上事件的事件。像是一盘平常的棋局，没有险着，没有玄机，观棋的人都忍不住要打瞌睡。可下棋的人知道当时的尽力，以及囿于无法更用力的无奈。

　　在棋盘上，她被包抄时的挣扎，她欲决胜负可寻不到妙着的尴尬……每一步，都是对她思虑的磨折，且漫长得很。

　　那时朝夕相处的同学的名字我几乎忘光，正如他们忘了我——这忘记在教室已开始了。鱼群中，我是沉于水底的那根水草。

　　一些年后，我读到诗人里尔克三十岁时致一位年轻诗人信中的一句话："你说，你身边的都同你疏远了，其实这正是你的周围扩大的开始。如果你的亲近都离远了，那么你的旷远已经在星空下开展得很广大，你要为你的成长欢喜……"

　　哦，原来那曾让人心绪铅灰的"疏远"也是通向"扩大"的一种途径。

　　正因某种"疏远"，你才会在内心世界里去求索旷达。

　　还记得，那时下课后我常独自待在校园柳树环抱的池塘边，看水面的反光，映着暗绿浮藻。我在塘边的地上用树枝划来拨去，暗祷土中会惊现一件被人遗忘的珍宝。结果当然是从没挖到比一角钱更值钱的玩意儿。

　　那"珍宝"，喻示某种命运奇迹。我盼着奇迹从枯燥里诞生，老天能给我点暗示，通过一个作为喻体的玩意儿（哪怕是一枚出土的贝壳）。但从没有，命运没有给出任何信号，表明池塘边这个百无聊赖、对未来没一点信心的女孩能获得某种保证，保证她的今后不会太糟糕，至少不比她当时预想的悲观。

　　要过若干年才明白，奇迹不会乍现，它是日子涓滴成流的总和，是枝干内萌动最终汇聚的绿，它分布在成长的每个节点——谁说奇迹没光顾那个蹲在池塘边的女生？当它步步临近时，像一首淡的歌从耳边飘过，只是她惘然不知。

　　不必担心"疏远"，不必忧惧平凡，在没有任何特点中，也许"暗中正静静地潜伏着向着个性发展的趋势……从这向自己世界的深处产生出诗来"。也是里尔克说的，永远不要失去对某一种美的信念。

"谁的青春不迷惘，其实我们都一样。"这个微雨的晚上，听许飞淡淡吟唱。模糊的往昔如风吹过，那么如今算是一个完成了的世界吗？不，这个"完成"将是终生的，四十岁时不一定不会犯比十四岁时更低级的错误，但比十四岁更有所成长的是，无论什么到来，我都只需去领受它，去怀有希望地走接下来的路。

郊外公路

"说好和你一起流浪，失约的我独自飞翔……寂寞公路每站都下雪。"听过这首歌吗？伍思凯的《寂寞公路》，远不如他的另一首歌《特别的爱给特别的你》传唱广泛。而我一直记得这首《寂寞公路》。多年前，美术老师要创作一幅赣南新娘题材的油画参加全国美展，我和另一个女生被老师选做模特，从戏剧班借来了大红织锦的华丽戏服。戏服拎在手上密密匝匝的重。那位女生扮伴娘，水红戏服，青灰边襟，像祝英台穿了要去"十八相送"。老师在客厅布置背景，黑色音响里传出伍思凯的歌，便是这首《寂寞公路》。

青春刚展开，一切正在行进。校门外，正有一条尘土飞扬的公路——刚入校时，我不止一次在这条公路下错站。此前生活对我只由两个地点串联而成，学校和家间距十分钟，我闭着眼也能走到。尔后，猝不及防，我被扔进了郊外这所艺术学校。它的偏远对我来说同流放几乎无别，每一次抵达都曲折艰苦。

要抵达学校必须要乘坐 10 路公交。那时公共汽车是主要交通工具，乘坐这路车的除了沿途工厂、部队、院校里的乘客，还有大批携带扁担竹筐进城卖菜的郊外农民。周末黄昏，返校学生多，10 路车晃荡着出现时，人群立时躁动。人们撸起袖子，抓牢背包，系紧鞋带，心脏在胸膛里七上八下，像去前线应战。如果是末班车，天！那真是一种疯狂景象！谁也不愿被撇在桥这边，每个人都以亡命姿势奔跑、推搡、冲撞，骁勇些的索性从车窗纵身而入，像沦陷区最后的逃亡，像欧锦赛最后一秒哨子就要吹响。售票员的声音在长期跑车生涯中变得扁尖，像柄锥子，"往里挤，再往里挤些!"传递、叫嚷、接应、拽扯……身体填补着身体，体温吞没着体温，整节车厢像要爆炸的真空罐头，车和人艰难喘息着，上路了。

挤上车并不意味痛苦的结束，不，它仅是开端。我用背包抵在胸前，无需扶手，即便最猛烈的刹车也不用担心摔倒，气味混浊，汗涔涔的胳膊大腿噩梦般紧贴。不知道到了哪站，听不清报站名，只有车门吃力刺耳的开合声，咣当——门开处，这条漫长的公路每站景状都惊人相似。试图从车窗向外探视一下锈迹斑斑的站牌，往往徒劳。密集的身体和手臂把车窗挡得严实，加上渐降的暮色，一切只能依靠经验与直觉。我试图算站数，但这个笨拙方式显然不适合时常走神的我。

人群夹缝中的我，极度羞怯、紧张，毫无生活经验，我宁肯自己吃苦头，也不问别人一声到站没有。为此，我付出的代价就是下错车。有时提早几站下了车，我似乎总不肯相信，学校有那么远，我在车上好像已坐了半生，非下来不可了!

黄昏，天色逐渐幽暗，我独自在公路上走。车轮沉重轧过，卷起灰尘。公路上是周而复始的车轮，公路边是肮脏的小馆子、垂着灯泡的汽修店。我努力寻找校门标志，但它同沿途的苗圃、机械厂的门那么近似，一样白底黑字的长木牌，像纪念碑。暮色里，公路没有尽头，荒凉感过早地渗入到我心里——人生才刚展开，我已经感到绝望。世界，你真的一点也不仁爱啊，那么无情冷淡。公路上的我无比单薄，不仅是八十几斤的体重，还有随时可能挤压成齑粉的心。还要走多久？不知道。我机械地走，暮色越来越沉，灯光越来越密（没有一盏与我有关）……

几年后，我听母亲说起她一位同事的女儿就读的大学也在这条公路上。她是个安静本分的女孩，恪守着周末回校的纪律。一个周末，就在这条公路，暴雨夜她下错车（她所在的大学过桥后几站即从公路左拐，和火葬场公墓群同一方向），她迷了路，冲着远远的一点灯光走，当她终于精疲力竭地走到，那点灯火竟是火葬场。她晕过去，在瓢泼大雨中。房内惨白的罩布从此覆在她命运之上。她患精神病终生，不到四十岁就死了。来不及展开一切，她的人生就被那条郊外公路吞噬了。

　　我无法形容听到这事的震惊，在我青春期无数次往返的那条公路，在我傍黑常独自行走的那条公路，出现过这么凄伤的事件？我为她难受，也感到后怕，如果我的学校和她同一所，如果遇上暴雨夜，下错车的是我，那个残酷结局中的人会否就是我？

　　我甚至想过去探视那个女孩，当时的她在精神病院已成为一个浮肿虚胖的中年女人，她的人生在那个雨夜已戛然断裂。

　　一条公路在雨水中会变作凶险，从那个女孩的经历，我才知自己其实是幸运的——毕业后，我告别了那条公路，走向了更远的地方。

　　公路尽头通往外省。学校前一站有个农贸集市，我们在那买过劣质塑料日用品，吃过粗糙的手工拉面，在草场发过呆，在陈旧的电影院看过鬼片。学校对面的公路通往一些工厂，还有农大和林科所，再远是一条通向山岭的荒疏的路，车很少，偶尔驶过的卡车后写着"教练车"字样，摇摇摆摆，费劲，喘着大气爬坡。我和同学 L 常去散步，漫无目的，走着走着，我们突然站住，去哪儿呢？公路两边是叫不出名的、长得放肆的树木，还有红砖房，我们掉头往回走。马路斜对面就是学校，我们在路口又一次站住，不知道回去干什么。无聊像《搜神记》中《蚕马》一文里头的马皮，紧裹着我们，可是，却不像冯至的诗中写得那么诗意，"……马皮裹住了她的身体，月光中变成了雪白的蚕茧"。是的，无聊没变成雪白蚕茧，它如灰色顽劣的小兽，在青春期荷尔蒙过剩的体内嚎吠、打滚、撕咬……我们拿它们毫无办法，这些乖戾孩子，被关在我们体内的笼里，而钥匙在未来，在我们尚够不着的地方。

眼泪，发呆，傻笑，日记，下了一百遍但从来实现不了的决心，比纸片脆薄的誓言，数羊也无效的失眠，还有公路上一遍遍的胡乱行走。到邻近农田偷菜，拿到守苗圃人那儿加工；馒头在炭火上烘烤；琴房后山挖出头盖骨的故事；红肿的冻疮，操场上的月光，梅雨天玻璃窗和墙角蠕动的密密麻麻的红色小虫，上一届人去屋空的宿舍……

公路上，哪个方向通往的都是黑暗，可以搭哪班车逃出这段晦暗之路？戏曲班尖亮的吊嗓声盘上云霄，钮大可在校园广播里唱"昨天不小心喝醉的时候，装在心里满满的寂寞……"青春的夜晚，一如雾气弥漫的山谷。

也许因为曾经下错车的那段经历，此后我成为热衷的问路者，我害怕迷路，害怕离目的地越来越远，害怕在暮色降临前不能到达一扇正确的门。许多的路，对我像是迷宫。每段高速，每处拐弯，每个出口，它们通往的都是不同的目的地。然而，多年后，我发现，即使错了又有什么关系呢？总能到达那个你想去的地方，不过会费些周章。

离开那所校园多年后，我数次经过学校门口那条公路。我努力从车窗外寻找过去树木与房屋的痕迹，但几乎认不出了，变化太大。车速飞快，像一直朝着与时光相悖的方向开下去，它能找回当年的踪影吗？我又果真能温习河对岸荒凉的青春与自己？愿那些日子永不重返。风从指尖掠过。即便今后这里地铁贯通，高楼林立，有些记忆永远在空气深处闪现。

树木葱郁，反射着光线，公路在阳光下似泛着闪亮波光，可是——我为什么突然觉得凉，它真的像伍思凯唱的，每一站都下雪吗？

火车快开

1

2014 年的 7 月，在加拿大的班芙镇或黄金镇，记不清了，总之是从温哥华出发去落基山脉的旅途中宿过的一个小镇。在酒店住下后，我和姐姐信步在周边闲逛，一条铁路出现在眼前，这是我们生命里再熟悉不过的一处景物，它的长度贯穿整个青春期。

异国的铁轨，沉默地在眼前延伸，与我们曾见过的铁轨没任何不同，在黄昏中泛着同样苍茫的微光，向远方，向不可知处延展。

九岁那年，家里搬至一座立交桥的附近，立交桥的中段贯穿一条铁轨，和立交桥构成十字形。每天去学校走的马路与铁轨仅一墙之隔，汽笛声从此进入我们的生活。夜晚，火车经过的隐约震颤一直传导到床下，使五楼的房间竟有火车开动的错觉。这震颤伴随两个女孩的成长，也合乎成长的某些特质：仿徨、向往、不安……确切地说，合乎成长中的某些不明亮的阴影。

若干年后，在本市一所美术院校过住宿生活的我听到齐秦的《火车快开》："火车快开／别让我等待／火车快开／请你赶快送我到远方家乡……"我脑海里浮现家近旁的那条铁路，车窗里或站或坐的乘客——"乘客"的身份仿佛使他们有别于普通人，使他们成为看上去皆有故事的人。

"谁此时孤独，就永远孤独"，后来读到里尔克的诗，眼前晃过陌生旅人在车厢内的身影。

那一种延伸，正是彼时的我可望而不可及的。我渴望踏上开往南方的车——随便哪一辆，只要去往南方，那木棉花与理想一般热烈之地。通向南方，只需一张车票，但我从未独自乘过火车。之前每次乘坐火车都是和家人一起，往返故乡金华。

毕业后的次年，我果真独自踏上去广西北海（朋友告诉我那有一整面湛蓝大海和银光闪耀的沙滩）的火车，开始人生第一次远行。这对性格内向的我不啻于一桩壮举，也更似一个仪式：从踏上火车那刻起，我真正走向属于自己的路。

那一次远行后，我越来越多地独自上路。从少女到母亲。

曾经，车站对我意味着离散、叵测、冲突、变故……火车既无比浪漫，又似一头喘息着的铁皮兽。有若干年，我患着"火车站综合征"，一靠近车站即心慌腹痛，甚至浑身发冷，这症状随着独自上路的增多逐渐减弱，与此增强的是我对人生的把握。那个曾极度敏感的女孩在纷纭世事里生出了一层保护的壳，知道外部世界没那么可怕，知道自己的力量并非想象中的羸弱。还知道了，火车的本质既不浪漫，也并非铁皮兽般令人恐惧，它只是交通工具的一种。

2

这条异国小镇的铁轨，近旁生满黄绿植物，夕照下近于一幅油画。比起其他建筑，铁轨的纵伸感在构图上拥有美学的先天资源，和教堂一样，都具有诗歌的气质。

我和姐姐找了地方坐下，有一句没一句地聊天。因为平时分处两地，我们见面机会并不多。这次为期一月的旅行是这些年来相处时间最长的一次。铁轨旁似乎是个特别适合聊天谈心的地点。我们说到过去、成长，说到那些身下床板传来火车震颤的时光。

"远方"那时多么隆重而遥远，它不仅是地理意义的远方，更喻示理想。青春期的乌托邦。一列从市井驶出的火车似乎不是驶向一个物理世界，而是驶向某种开阔与神圣。

"远方"，我那时相信这个深情的词里会派生许多无中生有的奇迹，就像魔术师的袖子会变出白鸽、金鱼和玫瑰。

远方，它是作为现实的反面或对立面存在的，梦想必须在远方才能得以实现，而铁轨是通向它们的道路。

将"远方"朝向奇迹提升的努力却在去北海半年后中断，既因母亲担心的催促，也有某种程度的实地幻灭。这大概算第一次真正进入社会化的生存，呈现出的混杂盖过了大海与银滩的闪烁光泽。

北海之后，我去过很多"远方"，有工作生活了五年的上海，有不同经纬度的异域。我逐渐明白，远方不仅是一个地理概念，更意味着一种心灵的纬度。

有的人，行过万里路，却并没有真正地抵达过远方。

有的人，即使在一张书桌前，也深入了无数的远方。

"远方"落地了，它与现实之间那扇厚重的暗门被拆除，从光芒万丈的形容词变回了朴素的名词。

要走了很长的一段路之后才知道，"远方"不再是一个虚无的目的地，它是经历本身，是一种心灵起飞的能力。

远方，是透过车窗看到的平原鸟群、田野滩涂，是金属轮毂摩擦铁轨持续发出的声响，远方也是深夜一盏台灯下的时光，安静而丰富，是你沿着书籍思考，在夜色中走出的一串脚印。

远方，其实就在你的心里。

度过寒冬

前几天看到心理学家武志红的一段微博：

> 有什么事物，可以帮助你度过一次次崩溃的寒冬？——晚上聊天，想到这么一句有点瞎掰的句子。
>
> 答案倒是很有用的，那就是你抽象的、坚韧的自我。它超越一切具体的条件，所以一次次具体条件的崩溃中，这份坚韧的、内聚性自我都可以一直存在。
>
> 这份自我从哪儿来？其中一个前提是，你至少有时体验过"无条件的爱"。无条件的爱，让你真切体验到，一份对你自己的爱，是超越一切条件的。
>
> 或者说是，有一个抽象的自己，看似虚无缥缈，但在爱你的人眼里，是真切存在着的。

无条件的爱——看到这段话，我想到外公对我。蒋雯丽在新书《姥爷，我们天上见》中，写到和姥爷朝夕相处 13 年：夏天，姥爷在入睡前给她不停扇扇子；冬天，把衣服烤热再给她穿；花半个月工资，给她买布娃娃满足心愿。

这也像我的外公。在那个物资匮乏的年代，属于我的心爱之物非常少，父亲长年在部队，母亲像那个年代的多数主妇一样奉行勤俭，这一方面是出于对一种美德的推崇，另一方面也是现实条件的限制。她和父亲的工资要养两个孩子，还要贴补各自父母的家庭。

因为父母工作忙，我有许多童年时光在外公家度过。外公家住在沿江边的一条街道，带天井的院落里住着多户人家。

那时的夏天非常炎热，没有空调，甚至没有风扇。即便是夜晚，暑气也丝毫未减。人们把竹床从蒸笼一般的房间搬到外面街边，往竹床和地上一遍遍浇水，期望能降点暑气——可多数时候，夜晚仍然是极热的，没有风，热浪布满每一寸空气。在这样的暑热中，我生了一头的疖子，外公带我去诊所打青霉素针。

在那条夏日的通往诊所的路上，有几家小商店，其中一家是卖杂货玩具的。我在玻璃柜台看见了它——一把黑色的小水枪，这对现在的孩子来说平平无奇，可在那个物质贫乏的年代，这把水枪却放射出无比的魅力。

外公当然看见了我注视黑色小水枪的眼神，他微笑着问我："喜欢吗？"我忙不迭地点头。他对柜台内的女人说："把那把水枪拿来看下。"

女人把水枪递出柜台，外公又递到我的小手上。

那是把造型普通的塑料小枪，让它变得富于魔力的是——当扣动扳机，它能滋出水花来。在火炉般的夏季，一把能够喷水的枪不亚于一张会飞的魔毯，它会让一个孩子在伙伴中多么神气和体面啊！

外公没有和女人讨价还价，他毫不犹豫地买下了水枪。

他接着领我走去诊所，炽热的太阳下，我的心怦怦跳着，小鹿一般欢快。那时的我，哪里会去想这把水枪的支出其实够买多少食物，而一大家子的嘴还在等着呢。

一把玩具手枪，它是非必需品。在那个年代，孩子们的玩具完全可以是免费的，树叶、泥土、石头或随便什么不用花钱的自制玩意儿，有什么必要在家庭拮据的情况下，为一个小女孩买一把水枪呢？

可外公买了，他清癯的脸上浮现着宠溺的笑意，他把枪放到我的小手上。那是竭尽所能，为他爱的孩子做了点事的快乐。

伴随这把小水枪的记忆的还有清晨外公用煤油炉煮鸡蛋面的香味，小小的一个鸡蛋，外公总能让它看上去涨满锅面，加上一小把葱，小屋里弥漫着温热的香气，我再也没吃过那么好吃的面了。

外公去世后葬在故乡的山中。

那把普通的玩具枪一直留在我的记忆中，佐证着童年中美好的那一部分。如今，这样平淡无奇的玩具小水枪已不容易找到了吧？孩子们拥有的是更多声光电的高级甚至智能玩具，但在我心里，那把小水枪是无价的贵重品，因为爱而贵重。它承载了一个老人的温暖，印证了无条件的爱的确能给人的心灵播下一颗感念的种子。

我永远忘不了那把黑色的小水枪。

外公给我的爱，纯粹，简单，只因为我是那个喊他外公的小女孩。这些回忆，给我的童年带来了莫大温暖。

它们的确如柴薪，可以对抗此后人生中的寒冷。

在网上看到网友说起父母的温暖点滴：

　　高中住校，我妈有次打电话给我，说你爸昨晚睡梦中好像听到你回来开门的声音，结果今早六点他就起床给你煮红豆稀饭，煮好了去敲你门才发现原来只是做了个梦，梦见他的小家伙回来了，哈哈，你看你爸多傻！我却一点都笑不出来，鼻子那个酸呀……

　　我妈文化程度不高，每次给我卷子作业签字时，她不评论我

考得如何，却总担心字不好让老师笑话我。有次妹妹拿出一本本
子，上面密密麻麻全是我妈的名字，妹妹说，妈妈最近在练字。

　　有次和我妈吵架，我冲出家门，穿过大院里的球场，那会儿
已经要到吃晚饭的时间了，闻着别人家的饭菜香，我肚子饿了，
心里开始后悔。这时我妈追了过来，三步并作两步拉住了我的手，
"我去买馕，不然晚上吃啥，你跟我一块儿去吧，反正都出来了。"
　　我没说话，默默跟着她走了。但其实，我妈那晚追出来前
已做了米饭。
　　……

　　这些温暖的情感连接都是让孩子今后免于崩溃的力量吧，在爱的浸
润里，孩子会有个更坚韧的自我去应对漫长的人生。
　　我也在想：能让儿子今后度过寒冬的是什么？我有没有更多为他准
备些可以"过冬"的燃料？
　　让我聊以自慰的是，尽管我算不上是位称职的好妈妈，但在吃上为
儿子提供了不少暖时光，那难以计数的在厨房的忙活，那些尽量不重样
的早餐与夜宵，因为儿子，我拓宽了我的烹饪食谱，甚至学会了做烘
焙。我不觉得这是多烦难的事——为爱的人做点什么，原本是幸福的。
我愿意看他满足地吃着我为他做的食物，那是一种爱的流动，就像我想
起当年外公在冬日早晨用煤油炉为我煮的鸡蛋面。
　　伴随食物的是人与人之间的交流与情感，与食物有关的时光，也是
与爱有关的时光。
　　无论哪一种方式，别去吝惜你的付出，正如你曾获得的每一点爱。
　　但愿儿子能有更多度过寒冬的储备。但愿每个孩子，都有足够度过
寒冬的储备。

辑三　此在

心　镜

　　在云南大理的洱海（名曰海，实则是内陆湖泊）旁，眼前的湖与树也许因为连日来旅途的审美疲劳，似已激不起人的多少兴致，照也不想拍了，想随便转转，表明到此一游就离开。

　　天空笼着一层淡的铅灰。一位替游客拍照的摄影师穿过小树林，来招揽拍照的活儿。这个身形瘦削灵活的青年留着长发，黑色亚麻短袖衬衫配牛仔裤，看来颇有摄影师范儿，他使用的摄影工具竟然是——手机。太不专业了吧，难道不应当端个带变焦的单反相机才匹配摄影师身份吗？若用手机拍，难道游客自己没手机？我心内嘀咕。

　　摄影师指导一位女游客坐于湖边石上，摆出姿势，看柳叶，看镜头，看湖面，看远方。他手中除了手机，不知何时多出一面镜子。一面普通不过的镜子。他将镜子置于手机之上，不停调整镜子与手机镜头，寻找拍摄角度。此刻的他专注地盯着手机屏幕中的画面，即使没拿单反相机，也像位职业摄影师了，甚至有些像在片场认真工作的导演，比如擅用镜子的塔可夫斯基，用镜子制造出一帧帧充满时空感的电影画面。

　　摄影师找到了镜子与手机适宜的角度，屏幕里出现的画面令人惊讶：湖光山色辉映反射，画中女子眺望远方，人与景浑然天成，充满波光与微风的灵动……

　　不算晴朗的天气因为那抹淡的铅灰，令画面现出一种如水粉画的静谧诗性。一只普通手机因为镜子的关系，有了堪比大片的呈现。我和摄影师聊了几句，他介绍了点拍摄经验，手机镜头靠近反光镜面，利用中心线或对称的构图，寻找人物在画面恰当的位置，然后，咔嚓一拍，就有了如诗如画的画面——并没有使用特效之类，仅仅是因为镜子在合适角度的反射，获得了迷人丰富的景深。

眼前笼着铅灰色的湖水与云团，通过摄影师的手机屏幕，我像重新发现了它们一次。

镜子是种带有几分奇幻的物品。它频繁出现在文学艺术作品中。诗人也爱以镜子为意象，我曾摘抄过伊朗诗人萨罗希的诗句："一千零一面镜子，转映着你的容颜。我从你开始，我在你结束。"

同是镜子，光线的不同反射会产生不同成像效果。青春期时，我有个女同桌特别爱照镜子，她的书包里有面蓝色折叠小镜，一天要照上若干回。有次她和我说："我发现我不知道自己长什么样了，照不同镜子，差别挺大，有时好看，有时不好看，就连晴天和阴天也不一样。"她为此苦恼与困惑，不知道哪面镜子照出的才是真正的自己。多年后，我读昆拉德的小说《生活在别处》，主人公雅罗米尔也深为镜子所困："他靠近镜子，呆呆地盯着镜中这张可耻而令人厌恶的脸。镜前的时间将他抛到了绝望的边缘。"

哪个是真正的自己？回答这个问题，是青春期的一个标志。不止青春期，进入中年后的我也为此困惑过，和那个女同桌一样，不同镜子呈现的"我"有所差异。家中的镜子，兴许因为光线原因，镜中面容看来柔和，似乎岁月高抬贵手，并未对这张面庞施加过多风霜。但在另外的镜子前，比如有些酒店、餐厅的盥洗室前，镜中映照出的面容令人沮丧，你发现这原来是个错觉，岁月谁也不曾绕过。

哪一面镜子才是真实的？是家中的镜子，还是酒店、餐厅盥洗室的镜子？

哪一种景观才是真实的？是眼前看似平淡乏味的湖水、树木，还是青年摄影师手机中的诗性画面？

世上有没有一面绝对的、唯一真实的镜子？

通过镜子反射的手机屏里倒映的那部分景是实体，又非实体，亦真亦幻，它用简单的反射原理，让湖与天空有了二次方，它们成为湖水的延展，赋予了平面的湖以景深，造出一个如梦似幻的倒影时空。这是自然之湖，也是超现实之湖。

这倒映之湖如同某种镜像，心灵的镜像，朝向一种更深邃的事物。

美国社会学家库利在 1902 年首次提出“镜中自我”一词，他认为人的自我意识是在与他人的互动过程中，通过想象他人对自己外貌和行为的评价而获得的，即把他人视作观看自我的镜子，从镜中看到自我的形象。这当然是事实，人活在社会之中，必然要以“社会”为镜，不可闭目塞听，而要和外部交互，去吸收外界反馈后，通过判断和反思逐渐丰富与完善自我。

但同时，这个外部并非稳定的。认知、价值观与喜恶的不同，会产生各种“外部”，人选择哪个外部作为参照物？又会在镜中看到哪个自我？

面对洱海在眼中和手机中不同的成像，我还想到——在镜中与在镜头中，人也常常是不同的，镜头拍下的“我”与我在镜子照见的自己有时大相径庭。是视觉错觉、心理认知还是摄影技术造成了这种差异？又或是，几者共同塑造了我对自身形象的多重认知。不同场合的镜面反射，家、酒店盥洗间的镜子，商店橱窗的反光，地铁窗玻璃，他人的目光……这些看似相同却又微妙不同的反射，构成了一个多维度的“我”。你更信任哪一个维度的自己？

有没有高于这些映照的，更为可靠的镜子？

　　心如明镜，能照万象，故曰心镜。这是与信仰有关的一个定义。同时，能照万象是否也能照自我？听上去有点玄学，但它是否就是那面高于物质之镜的更为"可靠"的镜子？它接纳多角度的自我，接纳每种镜像，成为观己也观世间的最稳定的镜子。

　　"不需要乐观，也不需要悲观，只需要达观"，这面心镜，在见过丑的、假的与恶的之后，仍倾向相信真的、善的、美的存在，相信镜中那个更柔和的自我，相信湖边摄影师手机里波光叠映的风景。

　　这面镜子，有着内在稳固的角度与恒定成像——它沉静、包容。

　　去调整自己的"心镜"吧，它是最可靠的，不会生锈、碎裂，不随光线而瞬间变化。在这面心镜中，居住着一个"恒定"的我。

　　我的那位女同桌，后面听说从事了心理学专业，我想她一定已经找到了真正的自我。

　　昆德拉的小说主人公，年轻诗人雅罗米尔，羞怯软弱的他身处镜子的包围中，终于有一天，他在镜中看到了一种特殊的、被选中的光芒。"幸好他有另一张能将他带至满天星斗间的镜子，这面令人激动的镜子就是他的诗句。"

　　而我，我们，能找到那面映出满天星斗的镜子吗？

　　洱海的春天，原本打算在湖边略转转就离开，却因为青年摄影师手机中的风景在湖边找了块大石坐下。时近黄昏，游人渐少，天际云层变幻，注视这个形成于冰河时代末期的湖泊，以及更远处横列于洱海与漾濞江之间的苍山廓影，起初目光匆匆扫过的平淡乏味的景象，原来有着一番在地质沉降侵蚀间升起的壮美，正如镜子折射下的手机画面一般。

安 顿

因为疫情，之前的钟点工回老家不再来了。六月，家里又换了位钟点工小邹。

小邹高中文化，短发，瘦小个子。第一次来时全副武装，戴着口罩，挎一个包，背一个包，包内是水杯、自备的橡胶手套之类。做事时，她全程戴口罩，直到她走，我也不知她长什么样，只记得她非要把一个有点坏了、不太好拆的排烟扇拆下来清洗。

第二次来，她放松了些，口罩仍戴着，但只挡着嘴。她和我聊起来，她老家在江西吉安，家里有点地和一个果园，老公打理，大女儿读高二。她带着二女儿在省城，住在弟弟家。二女儿智力发育有点迟缓，在 S 大学工作的弟媳让她来的，说在省城对孩子各方面发展更好些。老家村子里没多少人，小邹丈夫话又少。

小邹给二女儿在省城联系了一所街道小学，成绩虽不好，不过听说性格蛮好的，会主动和人打招呼，小邹觉得自己来对了。省城人多，教育条件肯定比老家好，她很感谢弟媳。

小邹很少回老家，钟点工的活儿排得挺满，没空。暑假时，小邹本想让大女儿到省城来住几天，大女儿性格内向，还是没来。于是小邹腾了几天假，带着二女儿回去了一趟。临行前，我给她找了一堆书刊，让她带给大女儿。

回来后，她再三谢我，说大女儿很喜欢那些书刊。她说女儿在学校的重点班，成绩不错，挺懂事，也很理解她带着老二在省城。"就是太不爱说话，像她爸爸。"小邹为此颇有些担心。她甚至在考虑大女儿这性格该学什么专业好。当医生吧？当医生不错，说说病情，开开药，不需要与人有太多交流。来我家做事后，她知道了一个性格内向、不喜交际的人（譬如我）还可以选择编辑专业，于是为女儿做的专业规划中又多了"编辑"这项。

小邹和我此前请的钟点工比起来，算文化程度较高的一位。这使她在抹布的分类意识上明显好于之前请的几位，她还总是试图替我修理家里坏掉的物件，而且锲而不舍。有个落地风扇一侧的支架坏了，准备用完这一季扔掉，她让我拿工具来修。我劝她算了，不好修的，她说试试吧，像第一回拆那个排烟扇一般。我再次劝她算了，说等我丈夫回来再说。"自己能做的事干吗要等男人来做？"小邹掷地有声。她是个有故事的人，虽然我知道得并不翔实，只知丈夫对她态度冷漠。

小邹总是脚步匆匆，穿着女主顾送给她的运动短袖上衣、银色平底凉鞋，裤子是我送给她的灰黑色七分牛仔裤。当听到一些所谓"理念"的东西时，她的眼神里会流露出好奇，停下手中的活儿与我讨论。

她说得最多的是两个女儿，尤其对刚上小学二年级的二女儿，她有些焦虑，担心她今后生活不能自理，她希望二女儿能读完九年义务教育，之后自食其力。然而"自食其力"的目标并不容易，在小邹看来，一个智力发育迟缓、家境不宽裕的女孩，在她身上实现这样的愿望真是太不乐观了。

她弟媳说她这么焦虑不行，要调整心态。S大学近期有节教育方面的公益课，她让小邹去听，小邹果然向主顾请了假去听课。她觉得这比赚一笔工钱更重要，更有意义。此前，她也被弟媳带着去听过几次心理学课。她第一次和我说起某位教育专家的名字时，我真是吃了一惊。小邹的确是个很肯学习的人。若干年前，她在沿海打工时，靠自学掌握了电脑的五笔输入法。

她最近一次来我家时，电脑在放着肖邦的《第三号波兰舞曲》。小邹轻轻地说了句"真好听"。一会儿，正在书房拖地的小邹说海绵拖把上有个螺丝松了。她已经熟悉放工具的地方。她从柜内拿出工具，蹲在地上，用螺丝刀把拖把杆上的螺丝一下一下地往里铆紧。她的手臂黑瘦，有力。我对着面前的电脑屏幕在看一位朋友的诗。这位朋友带着两个女儿在美国生活，写了不少好诗，从诗里能看出她的生活颇为不易。这首《帐篷》里有这么几句：

> 若果身在草原
> 要在熟悉的地方落脚
> 扎上帐篷，暂时安顿下来
> 过一个夜晚就有一个夜晚的平安
> …………
> 总之要卖力，要把帐篷的钉子
> 打进生活的土地

我觉得这首诗和面前蹲着的小邹，以及我自己，都有着某种密不可分的联系。

应当有一定的仪式

每次离过年还有半个月甚至更长时间时，父亲就开始采买各种食材，塞入冰箱，使之愈加满满登登。其实，他每年储备的食材都用不完，有时到元宵节还有一部分塞在冷冻室里。

又不是先前物质紧缺的岁月，现在的超市365天营业，何必这么备战备荒呢？我们劝父亲少买些，父亲不肯，依旧买，这些蒸煮，那些卤炸，各样食材都大有可为。

今年春节，父母去上海我姐姐家过年，这下总不用买什么了吧？不，父亲又买了一堆猪肚、猪心之类的，准备年前卤好带去。

"去上海买不是一样吗？"

父亲的回答是"不一样"，因为在熟悉的摊档买放心，自己的老厨房用着顺手。

有时想，父亲的这种"年前采购症"大概令他延长与放大了节日的愉悦。平时，他这样爱热闹的人总归还是寂寞的。儿女各自成家忙碌，母亲唠叨，且意见与他的想法常常相左。他不大用微信，最大的娱乐是看电视、喝点酒，侍弄下楼顶的菜地。而年节来了，可冲淡平日清冷，使周围聚起令他欢喜的人气，因此他要提前采买，既避免了年前的涨价，又使这愉悦来得更早，酝酿得更浓。

《小王子》中的狐狸对小王子说："最好还是在原来的那个时间来。

比如说，你下午四点钟来，那么从三点钟起，我就开始感到幸福。时间越临近，我就越感到幸福……但是，如果你随便什么时候来，我就不知道在什么时候该准备好我的心情……应当有一定的仪式。"

父亲和那只狐狸的心情一样，对于临近的日子，他感到幸福。而表达这种心情的方式就是提前采办食材，这是一项不可或缺的仪式，与物资的充裕无关。

有个女友，只要出门，不管长途短途，都要在包里放一个茶具包，内有一壶一杯。

"带个保温杯不就行了？"

对好茶的她来说，不一样。只有壶和杯才能传达那种熟稔的茶意——慢下来的、安静的茶意。这让我想起采访过的一位女导演，每次出差，她总会带一个装着家人合影的小相框和一条棉质枕巾，不然，即使是五星级酒店也睡不踏实。

对我这样出门越简单越好、连个杯子都不愿带的人，这些习惯好像未免太文艺。

直到有一天，我突然发现自己出门也会往包里放个保温杯，为此还配了个梵高"星空"图案的杯套——这是年纪大了的标志吧？杯里虽然不一定有枸杞，但一定会泡些淡茶。带着那只紫色保温杯，在途中喝口热水，似乎就多了点安心。

若在家，每天起床后必定先泡杯茶。夏天是只手绘蓝花大瓷杯，冬天仍是那只浅紫保温杯。胃不好，茶叶只能少少地放，有时加一撮桂花或新会陈皮，如果窗外开着茉莉，顺手摘几朵丢进杯子，冲进沸水。等忙完家事，茶的温度正好，啜一口，身体真正舒展开来。

"沐浴焚香，抚琴赏菊"，古人的这些仪式距现代生活已很遥远，只能从《夜航船》《闲情偶寄》等书中温故。中国历史朝代里，宋人的美学最让人心仪，你看那些瓷器，简素大方。"雨过天青云破处"的"天青"色，经常被作为北宋汝窑瓷器颜色的描写。难怪陈寅恪先生说："华夏民族之文化历数千载之演进，而造极于赵宋之世。"

宋代插花，清雅素淡，高低错落，疏密聚散，被称作"理念花"。宋人还有"簪花"的习惯，不论男女，不分贵贱，上至君主大夫，下至市井小民，都以簪花为时尚，"虽贫者亦戴花饮酒相乐"。宋徽宗酷爱石艺园艺，收藏奇花异石，在被关押的途中依然写诗："家山回首三千里，目断天南无雁飞。"

宋朝已远，那些关于美的仪式仍令人向往。从心理学的角度，小仪式代表的是一种心理锚定，即把一种行为与令自己欣悦的某种感觉结合起来，使生活平添一种充实感。

这些仪式不能改变什么，但让人觉得——"生活值得我们这样庄重地对待自己"，也包括庄重地对待家人，像我父亲一样，在兴致满满的采购、烹制中为家人准备一个丰盛的年。

"一盘酱爆牛肉，一瓶花雕，黄酒要温一温。"这是一个江南朋友每年冬至时，必在家备的几样。牛肉用花雕酒先腌再炒。这是他的饮食仪式。

认识一位上海女艺术家，上过《外滩画报》，和一些大品牌合作过，常参加一些洋气的沙龙。但同时，她去小店淘衣饰，骑自行车去城隍庙买 DIY 首饰的材料，去家附近的小菜场买菜——出门前，喷一点"洛丽塔"香水，这是她多年来的习惯。一位年过半百的女人，走在嘈杂菜场，拎着鸡毛菜和带鱼，但身上有一股芬芳。那正是她独特的印记。

"大学四年里，爸爸在送我和接我的前一天都要特别洗一次车。"

"口红是我的仪式感——知道我的人都懂，我爱口红胜过一切。我包里永远有支口红，喜欢自己看起来健康又精神的样子。"

　　这是网友说到的仪式感。仪式是一种愉悦的自我暗示，是精神与现实的双重完成。

　　儿子乎乎每晚临睡前，再晚也要看几页书，这是他入睡前的仪式，小学六年，雷打不动。

　　但愿这个睡前仪式会陪伴他升入初中，考上大学，乃至更久的以后。就像相信父亲在每年春节前夕都会启动"年前采购征"，将冰箱塞得满满登登一样。

　　《小王子》中的小王子问狐狸："什么是仪式？"

　　"这也是经常被遗忘的事情。"狐狸说，"它就是使某一天与其他日子不同，使某一时刻与其他时刻不同。"

书卷多情似故人

家旁新近开了一图书馆，令人欣喜。图书馆内，书还不十分充足，但已分类排列整齐，那直抵天花板的一架架、一格格，让我想起博尔赫斯说的"天堂应该是图书馆的模样"。

书屋高敞明亮，有多间阅读室，还有现磨咖啡出售，我办了借书证，借回一册泰戈尔的随笔集《那些快乐的时光》。

"那些快乐的时光"，是的，似乎不少快乐时光都与阅读有关。读到一篇好文、一首好诗，都令人有幸福感，这幸福感包含了手指摩挲书页时内心的宁静。

毫无疑问，书已渐渐淡出我们的生活，取而代之的是各种电子屏——手机、平板、电子书阅读器，它们同样在为人们提供着"读"的内容。然而，这些介质隐含着现代社会的浮躁与匆忙。你在打开手机阅读时，可能没看几节就惦记着朋友圈的更新，在那个"圈"里，无数新鲜事被更新鲜的事覆盖、湮没，有如"薄晚啸游人，车马乱驱尘"。网上的滚滚烟尘中，那些迫不及待的说与发布，干扰着阅读的心性。

不似电子屏，纸页天然含有一种沉静、舒缓。当你面对纸页，犹如面对作者，面对活在书中的每一位主人公，他们与你交谈，你分享着他们的喜乐，也分担着他们的哀怨。

书的魅力，在于它所承载的文本和思想，也在于实物本身。文本、思想、装帧、纸张构成了一本书的整体。在那些不同字体、行距与插图中，书，有了各自独立的生命。

你对某一本好书的记忆，不仅是内容，还有它的封皮、纸页的手感，以及你在阅读它时，窗外的天气、你的心境，甚至是你手边的那杯茶。

诗人陈东东说："每一本书是所有的时间，所有的道路。它们排列，叠加，缠绕，交通，把你围拢在以书为墙的那间书房里……"是的，走入图书馆连排的书架间，如入时间的迷宫。如果，把这句话换成"每一块电子屏是所有的时间，所有的道路。它们排列，叠加，缠绕，交通，把你围拢在以屏幕为墙的那间书房里……"有点别扭是吗？

书是一种特殊的媒介，纸页的翻动间，是几千年来读书人的清梦与思考。

纸质书籍本身也是一种艺术，美好的装帧与工艺带给读者以赏心悦目，有些绝版的书还具有收藏与研究的价值。我的一位朋友，先后购过六七套《红楼梦》，每一次遇到更喜欢的版本，他总是忍不住要买下来。朋友小聚时，他带来的礼物常常是书，给成人的，给孩子的。

有一次去一位朋友在近郊的小楼。他在城内上班，闲时来此看书，种菜喝茶。不怎么上网的他看起来掌握的知识不比大伙少，甚至可能还多一点，比如农业知识，有他端出的一簸箕自种花生为证。

露台，山中夜色近似深蓝。朋友的小书房中有一张书桌，一张靠窗的灰沙发，几架书橱。打开书时，他一定会关掉手机。那是属于他自己的完整时光，未被切割、占有。窗外的月光照在他手中的书册上，那幅画面，正是"书卷多情似故人，晨昏忧乐每相亲"的写照。

德布林的小说《图书馆》中，扫烟囱工卡尔·弗里德尔深信："图书馆里的书久而久之一定会对四周的墙壁和天花板产生巨大影响，所以只要人们在这里待上一会儿，随便坐在哪一张椅子上或到处站一站的话，就能获得一些知识。"这位表情严肃的独身男子空闲时常坐在图书馆，一动不动，怀着对书的深深崇敬。这是个让人忘不掉的男人，他代表着人们对文化的敬仰、尊重，而不是浮滑、潦草。

翻开书页，这本身类似一种仪式——将众声哗然挡在门外，让生活、内心慢下来，进入一本书，进入一个作者的内心世界。

我怀念在书店的阅读。看到过这样一句话："芸芸看书人，比电影镜头里的路人还要不起眼，但他们雕塑般看书的样子，才会让你想买一本他们正在看的书。"董桥先生曾说到藏书印，印记设计得越精致，越见得藏书人对书的那份款款深情。那枚印记，也流露出藏书人的身份与心思——当书都电子化后，这枚带着书主人的趣味、性情的印记，还能向哪儿觅呢？

我并不否定电子书的便利。在地铁、飞机上，它们陪伴我度过了不少时光。然而，在更多时候，电子产品包括手机，确是极大地影响了我阅读的专注——一目十行，走马观花。而且，用电子产品读完的书，我通常不会再看第二遍，因为不及纸页的翻动方便——当欲回顾某处精彩描写，随时可把书翻回那浅浅折了一角的页码，而不是在屏幕上点"返回"或拉进度条。有时，好不容易找到那个页面，电子屏的右上角可能显示电量余1%。

天上的那一轮明月，它的廓影常被人们晒在朋友圈，然而月光是无法分享与直播的，它洒在每个人的身上，唤起不同的回忆。

纸质书，就如同那静谧的月光吧。

端阳粽，仲夏至

朋友送来自己包的一串粽子，小巧可爱，蒸好剥开，有淡的碱香，以为是碱水粽，蘸了糖，咬开却是云腿的。小小的云腿丁藏在糯米中，味清美，像可佐茶的点心。

想起故乡兰溪的肉粽，多选用肥瘦适中的五花，入酱油料酒中腌入味，再配上板栗或蚕豆。兰溪的游埠古镇有种曾获"巴拿马太平洋万国博览会"金奖的"三伏太酱油"，这种酱油据说要在百年酱坊里晒足180天，拿来腌制五花猪肉，鲜香无比。后面去游埠时，特地去酱园买了，不知是不是工艺有变，味道并不算特别。

以前回兰溪过端午时，曾看姑婆和婶婶裹粽。取两片箬叶，交错叠放，旋转对折，成漏斗状，放进少许圆糯米（比长糯更软糯），再码上五花肉和板栗，覆上一层糯米，盖上粽叶，整只覆成小枕状，用棉线缠紧——这一步很关键，不缠紧，粽子煮时会松掉。

裹好的粽子，加水没过粽子，大火煮开后转小火，煮着煮着，肉的油脂析出，与糯米、箬叶融合，一室香味，那是端午之味。煮好的粽子别着急捞出，放在锅里焖一会儿，使其更入味。

父亲每次回老家都会带些肉粽回来（必带的还有金华酥饼）。粽子在兰溪四季皆有，热腾腾的粽香和拌面、大饼夹油条等食物的香气一起飘荡在兰溪的早晨。

2022 年因疫情之故，父亲端午不回老家。我网购了一款嘉兴老字号肉粽，说用的是浙江武义高山箬叶与黑猪肉，价格比一般的肉粽高出一截，吃过后，确是故乡味道。

原本，嘉兴最知名的"五芳斋"粽子的创始人张锦泉就是兰溪人，他最初在嘉兴以弹棉花为生，空闲之余发挥会包粽子的特长，在街头设摊卖粽。张锦泉的粽子沿用了自家传下来的配方，将火腿、鲜猪肉入粽，打破了嘉兴只有白水、豆瓣、红枣、红豆、碱水粽的旧制，引来食客好评，声誉鹊起，从此就有了"金华火腿兰溪出，嘉兴粽子兰溪式"的说法。

有一年，我在嘉兴火车站的"五芳斋"专营店买了些粽子带回来，不知是否因旅途耽搁了，没有兰溪姑婆和婶婶裹的好吃，也不及兰溪早点摊上的肉粽好吃。

我曾以为浙江人对粽子情有独钟，比如金庸先生是海宁人，二十四岁才移居香港，家乡味道想必已渗入血脉。《笑傲江湖》中，令狐冲被罚思过崖，岳灵珊给令狐冲送粽子。令狐冲闻到一阵清香，将粽子咬了一口，是菌菇、莲子、豆类等混在一起的素馅，滋味鲜美。岳灵珊问他滋味好不好，令狐冲道："当真鲜得紧，我险些连舌头也吞了下去。"

粽子在金庸先生笔下，是有情意之物。再想，粽子本身就是蕴藉的呀！一层层的箬叶裹着糯米，糯米中藏着馅料，一只隐而不现的粽子代表着东方的美学。

食粽古已有之，西晋周处所著的《风土记》有记载："以菰叶裹黍米，以淳浓灰汁煮之令烂熟，于五月五日及夏至啖之。一名粽，一名角黍。"一地有一地的粽子风味，林语堂先生是福建人，在小说《京华烟云》中也写过粽子："祖母从家里带来了些山东式的粽子。里面的馅是火腿，猪肉，黑糖，豆沙。"——这四种馅料混合成的粽子，对江南人来说，是蛮奇怪的滋味吧。

南京作家苏童写："我们白羊湖一带的人都包'小脚粽'，大概算世界上最好看最好吃的粽子。祖母把雪白的糯米盛在四张粽叶里，窝成一只小脚的形状来，塞紧包好，扎上红红绿绿的花线。"

里面没写到馅料，大抵是白米粽。即使我喜欢苏童先生的小说，也不能同意这是最好吃的粽子。是的，吃过兰溪的枕头肉粽后，我以为这才是最好看与最好吃的粽子。

在我生活的城市，赣地粽子是三角状，母亲以前会包，她和亲友或邻居女人们坐在一块，用牙咬着棉线一端，把粽子扎紧——那多是碱水粽，米粒要够紧地团抱一起，蒸出才紧实好吃。扎好的粽用一只大高压锅蒸煮，水中加一点盐，煮好后，一栋楼都飘荡着箬叶香。

这些年，母亲体弱，拎点重物都不能，更别说扎紧一只粽子了。亲戚中还有会扎的，年年端午前送了来——其实到处有售，但自己扎的粽子总是更家常味些。因胃不好，我已不敢放开吃糯米类食物，但端午这几日，却还是要吃上几只粽子的，就像端午前必买两束艾草和菖蒲插在门口一样。只此青绿，这是端午的仪式感，曹雪芹先生在《红楼梦》中也写了："这日正是端阳佳节，蒲艾簪门，虎符系臂。"

一束艾草，一串粽子，是市井烟火中的一点诗性。

有了节气里不同食物的陪伴，四季流转间便有些新意。在梅雨的潮气弄得到处湿漉漉时，粽子提醒人，可能就在吃完粽子茶蛋的第二天，热烈干爽的夏天就要来了。

这些代代相传的传统食馔，强调与放大着一种过日子的兴味。

父亲的兰溪，端午要吃"五黄三白"（五黄为雄黄酒、黄鱼、黄鳝、黄瓜、蛋黄，三白为蒜头、茭白、白鲞）。我外公还在世的端午，清早会在我额间用雄黄点一记，据说这样夏天就不会生痱子、长疖子了。这天必吃的食物除了粽子、咸蛋，还有道炒红苋菜，以及和茶蛋一起煮成赭色的蒜头。蒜头不可一瓣瓣剥开，要整只丢进锅里煮，吃时再剥，蒜肉粉糯。外公走后，我再没吃过这种做法的蒜头。

《四世同堂》中，作为一个普通的家庭主妇，小顺儿的妈在沦陷的北平，最焦虑的是端午节买不着粽子。老舍先生在小说中不厌其烦地描述北平人的端阳节俗，特别是北平人常吃的三种粽子：旧式饽饽铺卖的精致的糯米白糖粽、沿街叫卖的冰镇过的粽子以及最普通的糯米红枣粽，正是要证明看似琐碎的日常生活对百姓的意义，比如小顺儿的妈，她说不上来什么是文化，但她知道，只有照着自己的文化与习俗方式——像端阳节必须吃粽子、樱桃与桑葚——生活才有乐趣……而亡了国便是不能再照着自己的文化方式活着。她只感到极度的别扭。

从一个季节到另一个季节，是普通人一次次以旧换新的努力。小小的粽子，承载着普通而恒久的日常生活，承载着愿景，这便是食物的意义所在。

野蔌山蔬次第尝

1

偶遇朋友，说起上周他开车去景德镇的瑶里，沿路已开满大片金黄的油菜花。我突然才意识到，哦，春天来了。在城市的室内日复一日，几乎感觉不到多么强烈的春日气息。我甚至也挺少去菜场了，多在网上平台下单，直接到楼下便利店取，于是又错过了一次与春的气息相遇的机会。用平台买菜虽便利，但菜蔬多是大棚种植，少有与时令贴合的"山野菜蔬"，譬如野芹、香椿、荠菜之类。

于是我决定周末去趟菜场，去看看和春天有关的可食植物。

一到四五月，南昌的菜场不少菜摊有卖栀子花——不是用来观赏，是焯过水、可食用的栀子花（摘除中间的花蕊），呈褐色，有股特殊清香。做法是油烧热，下蒜末和少许干红椒炒香，倒入栀子花，再加韭菜略炒后调味即可出锅。

不知道别地有无食栀子花的习惯，我从小吃到大，入春后栀子花上市，总会买几次。据说能清热凉血，平肝明目，不过我全然是冲口味去的，"功效"无关紧要。

吃过栀子花炒韭菜，这个春天似才完整。

2

看文友在微博上说："财经频道有一档河南美食系列节目《味道中原》，凡人视角，平常吃食，欲罢不能。今天有一道木槿花饼，讲的是一位女子自山脚下嫁进山里，旺季做农家乐，淡季外出打工。两个孩子，一个读研，一个读高中。丈夫两年前病故。每到初夏，女子就摘一些白色木槿花摊饼给儿子吃。她坐在门前一棵古老巨大的黄楝树下，一朵一朵串木槿花。此花晒干可炖肉。"于是便想起外婆，她在世时也常摘木槿花做汤。江南多此花，多是粉色。最好摘庭院中的，路边的怕有灰尘尾气污染。木槿花的花苞通常有多个，摘掉几朵花后可促使其他花苞发育。摘下来的木槿花用盐水漂浸一会，去除花蒂和花蕊，就可做蛋汤，起锅前加点胡椒粉和香油。木槿花还有其他做法，如摊鸡蛋饼。

因外公通晓中医，外婆也懂得许多植物的药用食法。她在世时常提起，我并没上心听。只记得木槿花可食，以及芙蓉花煎水可消炎解毒。童年时一发烧或有炎症，母亲就会用储存的干芙蓉花煎水，煎好的汁如琥珀色，加入一勺白糖，比中药好喝许多。

再有一种状如猪腰子的植物，外婆说煎水可治肾病，但我不记得植物名了。外婆去世后，那些林林总总的植物的用途都随她老人家去了另一世界。

我从网上搜了《味道中原》节目来看，一看就是若干集，里面有从太行绝壁上采摘苕葱的萌萌的大叔，宿鸭湖边腌咸鸭蛋的老爷子，还有从北方回娘家待产的女儿，跟着妈妈去采楮树花——我从没听过的一种植物，查了才知是桑科属的一种落叶乔木。母亲把沥洗晾干的楮树花加入食盐、小麦粉、玉米粉拌匀，上锅蒸十五分钟，浓郁的香气飘出。再将蒸熟的楮树花用蒜泥凉拌，或用葱蒜煸炒，成一道特色风味。

那灰扑扑的看似不起眼的楮树花，是嫁到黑龙江的女儿最为惦念的故乡美食。

还有道"葛根肉糕"也让人眼馋，但其制作工序颇费心思。村民采来野葛（多生长在山坡草丛较阴湿的地方），葛根砍去腐烂部分，洗净，均匀截成寸段，放入石臼内不停捶打，等变成细腻的纤维状时，再经过淘洗沉淀，形成乳状葛粉。将湿葛粉和晒干的葛粉按一定比例搅拌稀释，加入切丁剁泥的鱼肉与调料，上笼蒸熟后切片装盘，即成"葛根肉糕"。

看上去，腴白的肉糕鲜美软滑，让人不由钦佩民间的经验与智慧——要经过多少次摸索，才能发现这黝黑的葛中，竟藏着一个雪白的秘密？而大自然中，还有多少未被发现的关于食物的秘密呢？

3

在每个故乡，都有一些进入了地方食谱的野生植物吧。

在我的故乡金华兰溪，有着各种饮食习俗：清明用石灰水腌过的苎麻叶、青蒿制成印粿，农历四月初八食乌饭（此风俗源自目连入地狱救母），立春吃春饼（又叫荷叶饼），立秋食凉粉，端午则吃"五黄三白"（五黄为雄黄酒、黄鱼、黄鳝、黄瓜、蛋黄，三白为蒜头、茭白、白鲞）。

其中的乌饭，是把一种叫"乌饭叶"的灌木叶子捣烂，取汁渗入糯米中蒸制而成。乌饭叶又称南烛叶，古称染菽，属杜鹃花科常绿灌木。《本草经疏》记载："南烛，《本经》言其味苦气平，性无毒，然尝其味亦多带微涩，其气平者，平即凉也。"

新生的南烛叶，细嫩新鲜，叶子的汁水也最为纯正，再过一个多月，叶子就老了，汁水涩味会偏重。

　　每年农历四月初八前后（也有农历三月初三），乌饭出现在兰溪街头巷尾的小吃店。这道平民化的美食，从上市到落市，大概持续两个月。在兰溪的北门菜场，有位女店主邵云娣深谙制乌饭之道。邵云娣姐妹两个合开了一家小吃店，几十年的经验让邵云娣对乌饭制作的火候拿捏得十分到位。每年清明过后，她开始制作乌饭，每天都能卖一百斤左右。

　　邵云娣的乌饭叶采于兰溪柏社山间。一到春天，柏社山的野樱花渐次开放，山坡上一簇簇密密匝匝，开得漫山遍野。新鲜乌叶挤出的汁水呈靛青色，把糯米放入其中浸泡，泡一个晚上，等到汁水完全渗入糯米，米粒呈现出透亮的黑色，便可把糯米入锅煮熟。刚出锅的乌米饭黑亮晶莹，有股清甜香味。

　　据《兰溪市志》记载，最顶峰时，兰溪的小吃种类多达300多种。当然现在也种类繁多，有年立春，在兰溪北门农贸市场排长队等春饼（一种烫面薄饼），买回后父亲卷上用落汤青、冬笋、豆腐干炒的三丝，特别清口，每一口都像是春天来临的确认。

　　落汤青，这是金华地区独有的一种菜吧，有些像芥菜，但又有不同。相传道教大师黄初平"黄大仙"生于兰溪。有年瘟疫盛行，黄大仙种了许多菜，让全城百姓拿去吃，百姓吃了这菜，病就好了，所以它又名"大仙菜"，民间都称"落汤青"。农民挑担进城卖，叶片码齐，阔大的绿叶素朴、明艳，正该叫落汤青，虽然音有时会串到"落汤鸡"，但不妨，落汤青炖鸡也是可以的，因它久煮不黄，不像别的青菜，热汤里多翻滚两回立时菜老珠黄。落汤青总也不世故，总怀一片青色的赤子之心。

　　父亲从"空八军"转业定居南昌后，也一直在楼顶种菜，必种的就有从兰溪带回的落汤青。落汤青切碎，少放盐，可煮着吃、炒着吃，最好的吃法是包饺子，或和千张或豆腐炖着吃，一青二白。再复杂些的做法是，用豆皮包成"烧渥"（兰溪又叫"铜钿包"），以落汤青、瘦肉笋丁调馅，以豆皮包成小长方形后油炸，豆皮金黄，馅子青翠。

有位徐姓同乡曾写网帖："落汤青，此菜吾乡独有，别处未尝见之。大叶，色青暗，多皱如老妇颜面。时令秋冬，唯落霜后味始佳。盖经霜冻而苦味始除也。加豆干、猪肉剁碎，略翻炒便成春饼馅料。吾乡年节时多有制此，春饼之俗，不唯吾乡所有，然以落汤青为馅，则直比鲈鱼莼羹乎！"

这对落汤青的赞美真有可爱的夫子气。

吃不完的落汤青，父亲将其晾在楼上露台，落汤青头朝下在绳上晾了一排，次日要揉以细盐，最后制成梅干菜。父亲将晒干的梅干菜用袋子装好，里面用小纸条写上储存日期与菜名。

父亲擅烹饪，虽居南昌已久，却常做兰溪风味。"久居他乡作故乡"，不，对父亲而言"月永远是故乡明"。在那些兰溪风味中，他靠近与返回了故乡——那个他十八岁离家从戎，父母早已不在的故乡。

父亲还擅做被视为"废料"的食材，化腐朽为神奇，将废料变成风味。比如他用青蒜须腌橘子皮（选用皮薄的南丰蜜橘皮），味极好。夏天他用削下的丝瓜皮煎蛋，味清香。丝瓜皮原本味甘，性凉，具清热解毒功效。

4

"白花羊蹄甲，老孃在树上采，采一盘子就把背篼顺下树来，剥除萼片和花托，先在冷水盆里洗上好几荡，又在滚水锅里氽几荡，将花瓣撕成条缕，下小米辣、柠檬、芫荽和一点点蒜水豆油，拌匀开吃。"

这是一位重庆美食博主写的。白花羊蹄甲是什么？查后，得知是豆科、小乔木，叶近革质，花蕾纺锤形，花萼佛焰苞状，花瓣白色或淡红色。春天开放，香气十足，看图有些形似玉兰。

　　某年七月，在北戴河盘桓的一周，住处离海很近，步行只需十几分钟。那段路的两旁长满葳蕤的北方植物。一天，见一位面容端严的老妇弓背在路旁采摘叶子，我好奇地上去问，她告诉我采的是桑叶，煎水可治糖尿病，降压，疗眼疾。"你看这叶子多能长，我前天才来摘过，又长这么高了！"老妇指指塑料袋。桑叶是采来晒干给老伴当茶饮，还可食用，炒或凉拌，加点辣椒油、蒜泥，味道清爽。

　　有年春天，带儿子乎乎去家近旁的公园。公园内有处"园中园"，景致幽静，花树盛开。松树下一老人在采一种开小黄花的植物，凡事都好奇的乎乎上前问，老人答采"婆婆丁"，开水焯烫后可凉拌也可做羹汤。她给我们一空塑料袋，让我们也采些。乎乎立时很有兴致地采摘起来。"婆婆丁"就是蒲公英，能药用也可入食。食法多样，如生食蘸酱，或加入葱花一起炒鸡蛋，又或是把焯过的蒲公英加入肉馅拌好后包饺子，据说也很美味。

　　另一次，也在公园，遇一对老夫妻采摘一种植物，问过才知道他们采的是艾叶，用来包艾粿。我也摘了一袋，回家后放置冰箱却再不愿动手，终于浪费。倒是女友 Y，每逢春至，一定会采来艾叶做清明粿，多为咸馅，咬开一股温暖的烟火气。除了摘艾叶，春天她还领着女儿采荠菜、马兰头和水芹菜。临近端午时，她会去近郊山上摘苇叶包粽子。

　　还有一次，我俩去景德镇，酒店在一生态园内，我们起得早，她兴致勃勃地与我去摘马齿苋。草丛中的马齿苋叶瓣肥大，她告诉我，吃不完的马齿苋晒干蒸肉也是不错的。

　　她从徽北落后乡村考出来，本科学的是古典文学，我夸她知行合一，将田园生活方式融于现代生活。

　　"哪有那么浪漫哦，我们老家有句话，凡是野菜都费油，以前家境苦，从没觉得野菜好吃——因为没油啊，要么煮要么蒸，难以下咽。说来你不信，那时我发奋念书就是为了不再吃那些野菜，能有鱼肉吃，这是我苦读的最大动力。现在鱼肉不想吃了，反倒又惦记那些野菜的味道。"

我的确没想到比我小好几岁的她，读书的动力是因为食物的匮乏，在那个落后的乡村，她经受了各种物质困窘带来的压力，终靠知识走进城市安居。

现在的野菜之于她，是鱼肉之外的风味调剂。但那抹曾经饥馑年月的苦涩，大概是永远留在心里了。

5

关注了若干园艺公众号，但纯属欣赏，我对园艺学始终不得要领，家里尚存的花草都是经过了老天考验，证实为最好养的。每年时近五月，家里必会养几盆茉莉。去年在楼顶养了十几盆茉莉，此起彼伏地开花，真是"芬芳美丽满枝桠，又香又白人人夸"，随手摘下泡茶，注入沸水，盖杯待凉。又或是将茉莉入菜。茉莉花冲洗后晾干水分，取三个鸡蛋打散，放入茉莉花，只加少许盐调味。锅里多放一点油，七成热后倒入蛋液，煎至两面金黄后出锅。这是每年茉莉开花时必吃的一道菜。

比起种植物，我更擅长把植物做成菜。

我羡慕那些对植物有研究、把植物视作密友的人。他们随处见到植物都能报出名字，如有报不出的，他们也会立马掏出软件扫一扫识别出来，怀着对植物十足的好奇与学习之心。他们对植物的兴趣让我想到一位学者的小诗：

如何才能够不辜负
这一小片野地，宽阔的奇迹
每一次喊出一种新开小花的名字

　　文友韩育生亦是这样，他笔名一石，是位自然文学作家。这位长于甘肃小城的西北汉子，有一副迷恋花草的柔软心肠。他出版了不少植物书，文图皆美，装帧令人爱不释手。这些书中饱含人对自然的情愫，以及自然予人的性灵。《西北草木记》《诗经草木魂·采采卷耳》《诗经·植物·笔记》……书中不仅有他家乡的草木，还有蛰伏在草木间的人生漫游、寻找和生命的映照。

　　为写这些植物书系列，他研读了大量前人著述，还认真研读了20世纪90年代新发现的《孔子诗论》，使《诗经》的解读更接近于《诗经》的本意——若不是对植物有足够喜爱，怎会深情地一再书写，使其定格成娴静又热烈的册页？

　　他的微博上也多是与植物有关的内容，从菜场、田埂间的植物到奇花异草，图文并茂。"这棵白玉兰我每年都会拍一次，就像时间的密码，仲春的歌喉，岁晓生命的脚步，给我的生命流逝一点意义的证明。"这是他微博上的一条。

　　而我私心希望他能再出一本专门写植物与食物的书，聊一聊栀子花、木槿、蒲公英、艾叶等如何进入食馔之中，聊聊大江南北不同植物的不同味道。

　　这本书，肯定离不开女人们的身影，她们是奶奶、外婆或母亲，食物在她们手中——纵是一把野葱蒜，也无需自暴自弃。在她们的厨房，坛坛罐罐里你以为浸渍的只是萝卜缨和老菜帮子？不，是过日子的智慧，几代传下来，经亲手实践，滋味全在坛里浸着。

　　山野之中，又或是河边湿地，她们弯腰寻找食材。待揣满一兜，她们在灶边点火烹制，伴着上升的热气，植物在锅中春回大地，任何菜谱都找不到这香气的源头。

　　朴素的东方从不缺这样的女人。她们立于灶头，锅内只是荇、苕或苞，加些田头洼边的野韭野葱，粗瓷碗中等丈夫儿女归来的便是让他们可充饥的吃食。这样的手艺在民间代代承传。

有一次在女友家，我聊起童年记忆中的紫云英，像一片紫色的星星，在"草木自成岁，禽鸟已春声"的背景中，很美。在一旁的她婆婆说起，那时节，没什么可吃的，她们就去田间薅点紫云英幼苗回来吃。吃多了，胃里直泛酸水。有时也挖其他野菜，如灰灰菜、野韭菜、车前草、折耳根……开水烫一下剁碎，掺上一点点苞谷面做成窝头状，上锅蒸熟，这就是一家重要的干粮。

紫云英不是用来肥农作物，做牲畜饲料以及蜜源的吗？我这才知道，在民间，紫云英又叫作小巢菜、翘摇、野蚕豆，它的幼苗和花均可以作为野菜吃，能够利五脏、明耳目、去风热。在那个年代，它最重要的作用是果腹。如宋人诗中写的"啼饥食草木"，吃饱是第一生命要义，胜过审美、养生等一切修辞高雅的需求。

突然想到，植物之于这个大地的意义排序，首先是襄助人们度过困境吧，用它的叶片、果实、根茎、花朵……尽其所能地献出所有，扶持人们走过灾荒。接下来，才是观赏与陪伴——以它们沉静而富于激情的生长予人启示，提醒人们去感受立春与惊蛰、小寒与大雪，还有生长与枯萎。

与面包有关的时光

1

　　赣东部的抚州，我母亲的故乡。那块土地葬着我的外公与外婆，他们与我有着血脉渊源。此地出过诸多文人大儒，包括明代戏曲家汤显祖，南宋哲学家陆九渊等，还有王安石、曾巩等一批名士。每次去抚州，所闻方言，所见山水，皆可亲而秀美，包括抚州下辖的资溪县，第一次去是因为那里的"马头山"——赣地面积最大的国家级自然保护区。再次去资溪，却是因为面包。

　　一个并不繁华的小城，与面包能有什么关联呢？而事实是，它有着"面包之乡"的称号，甚至把面包销到了俄罗斯，那个以出产"大列巴"著称的地方。

　　我是个标准的糕点爱好者，凡散发甜香的地方对我都有着莫大吸引。踏上去抚州的高铁，再从抚州到资溪也就一小时车程。路上，我脑海里晃过一个童话中的面包之城：城里的建筑都是用面包做的，它们散发出浓郁香气，城里的居民都爱吃面包，只要饿了，随时撕下一块窗台或墙壁，不用担心，撕去的地方马上又会原样长出一块……

　　总人口十二万左右的资溪，有三分之一的人在从事面包业。在资溪的第一顿饭——服务员先端上两盘金黄可爱的面包。据说资溪的每家酒店、餐馆，面包都是餐前标配。果然是面包之乡。我努力回忆吃过的第一只面包，是春游时母亲给买的吗？早已记不清，当年面包与汽水的搭配象征着时髦。而现在，面包和馒头、包子一样，成了日常食粮。

面包源自美索不达米亚文明，公元前3000年前后，古埃及人最先掌握制作发酵面包的技术。技术大概是偶然发现的：和好的面团在温暖处放久了，和空气中的酵母菌发生反应，导致发酵、膨胀、变酸，再经烤制便得到了一种松软的新面食，这便是世上最早的面包。它还成为上帝许给世人的信念，像《列宁在1918》中瓦西里对饥肠辘辘的妻子说的台词："面包会有的，牛奶会有的，一切都会有的。"

在资溪一间乡镇餐馆里，搪瓷盘中几只小而圆的面包让我想起多年前，有次傍晚坐公交，车厢里乘客寥寥。有位年轻售票员，烫发，圆脸，看样子上岗没多久，她看窗外夜色的样子还有点入迷，沿路景物尚未成为她职业生涯里胶着乏味的景象。一切于她还新奇，她投向窗外的目光就像在城市航行，"行人车辆是深水里不知其名的一大群生物"。

外面变幻的灯光打进车厢，打在她年轻面庞上。在公交等红灯的空隙，她从包里掏出一只圆面包啃，是她的晚餐吧。面包是最朴素的那种，看上去松软可口。她啃得专心而满意，不时喝一口玻璃瓶中的水，这只面包像是她忙碌一天的最佳酬劳。这一幕，如果有画家画下，譬如梵高，应当会成为一幅动人画作。和他曾画过的《吃马铃薯的人》一样，都是人世某个平凡而恒久的时刻。

此刻，乡村餐馆桌上的这盘面包重叠着公交车上那位女售票员的身影。我拿起一只小面包咀嚼，麦子香气在口腔散发。我记得女售票员吃面包的样子，也记得那时自己还年轻，那时还没有微信，人们的目光不会只盯牢手机，而会更多投向屏幕以外的景物，包括投向一只朴素的面包。

2

"买几只面包回去当早餐，是上海人惯有的生活方式。"中国第一家面包店开在哪个城市？大概是开在上海吧。上海人喜欢时髦，对洋派事物有很高的接受度。

我在上海工作的几年间，上班的公司在较繁华地段，上下班路上会经过若干家面包房。秋冬下班时，天色已暗，车流如织。面包房里传来热乎乎的香气，那正是张爱玲描述过的起士林咖啡馆，"店里制面包时，拉起嗅觉的警报，一股喷香的浩然之气破空而来，有长风万里之势"。除了气味，还有面包店通常有的明亮又暖黄的灯光，让人忍不住想抬脚进去，哪怕只是买一只小菠萝包。酥脆的外皮，边走边吃，独在异乡的孤独缓解不少，只觉得这座城市，这样的经历也很好啊。手中的面包，以及那些在光影中伫立的幽静梧桐树，构成上海时光的一幕。

到上海第一年，公司那时在火车站附近一幢很高的写字楼。旁边是家酒店，经常承接"豆宴"——江浙沪地区，丧礼结束后，丧家会举办酒席，酬谢亲友，俗称"豆腐饭"。大巴载来一车吃席者，来参加丧宴的人们脸色平和，有的还相互说笑几句。酒店隔壁是间新开张的面包房，中午11点多有点肚饥时，我下楼去买一只面包。迎面碰上臂佩黑纱的吃席者，身上有股香火的味道，和面包出炉的香味交织在一块。

公司搬迁后，距离一个红绿灯路口有间"老大昌"，就是张爱玲喜欢的面包店，现已有了几家分店。这家店有说是俄国人开的罗宋面包房，有说是法商在1913年于法租界公馆马路（今金陵东路）77号创办的食品洋行。上海朋友说，这个店名用普通话念出来味道就不对，要用上海话念："老（lao）——大（da）——昌（cang）。"那点腔调就是西点之于市井的腔调，也是上海人对"海派"独有的骄傲腔调。

我特意把张爱玲的《谈吃与画饼充饥》一文找出来重读，里面描绘过"老大昌"的一种小面包："特别小些，半球型，上面略有点酥皮，下面底上嵌着一个半寸宽的十字托子，这十字大概面和得较硬，里面掺了点乳酪，微咸，与不大甜的面包同吃，微妙可口。"她写"老大昌"的一种肉馅煎饼，"老金黄色，疲软作布袋形"，因为是油煎的不易消化，她没有买。

这两样，可惜店内都没有售了。张爱玲还写过洛杉矶附近有个罗马尼亚超级市场，"光是自制的面包就比市上的好"。蛋糕她也喜欢，她和女友炎樱约在咖啡馆，"一人一份奶油蛋糕，另加一份奶油，一杯热巧克力，另加一份奶油"。爱吃西点，她却一直没有吃胖过，身体与精神里都有着独立的、不肯驯服的清癯骨感。

静安面包房，不及"老大昌"的历史长。20世纪80年代，这家面包房名噪一时，是沪上第一家中外合资经营的法式面包房，也是那时当之无愧的网红店。我和同事专门找去吃，买了老食客必购的"静安小方"奶油蛋糕。还有白脱奶油蛋糕、别司忌奶油蛋糕，包装简单，人气却不一般，据说几十年来畅销不衰。一口咬下去，浓郁的黄油味在齿间弥漫，有点起酥面包的感觉。旁边一位热心老阿姨告诉我们，它在20世纪八九十年代的老上海可是高级点心，普通人家不舍得吃的。

上海人还爱买"法式长棍"，怀抱一只长棍，仿佛欧洲电影中常有的镜头——在塞纳河畔的面包店里，就有许多法棍。有年去那儿旅行，我在一家店买过一根，有懂行的团友说，法棍回声越空洞，烤得越成功。有的法棍敲一敲，能听到里面气孔的声音，据说这叫"法棍在唱歌"。而完美法棍的秘诀就是天然酵母。有的面包店里有养了30

多年的酵母，甚至还有养了 100 多年的酵母——就像中国百年老字号店里的老卤。

有人回忆 20 世纪八九十年代的沪上："那些冬季的黄昏，买面包是摩登的事情。五十五厘米长的法式长棍，人们横跨几个区来排绕过街角的长队，一直排到华山医院，六角二分钱一根，外加半斤粮票，还可以用 FEC（外汇券）。真是十足的奢侈品。那时上海人带法式长棍回家，不像法国人那样夹在臂间，而是扛在肩上走回去的，因为'很扎台型'。"

这段描写让人忍俊不禁，想想那个画面吧，多生动！面包在那个年代的中国，不仅仅是食物，更是风头，是"台型"。

什么都不能阻挡人们对食物的热情，即便在艰难岁月。《上海的金枝玉叶》书中，陈丹燕写康有为的女儿康同璧教女儿和富家小姐郭婉莹用煤球炉子和铁丝烤吐司："要是有一天你们没有烤箱了，也要会用铁丝烤出吐司。这才是你们真正要学会的，而且要现在就学会它。"

后来，郭婉莹，这位永安公司的四小姐，在"文化大革命"中受尽了苦头也不失优雅，她不仅会用铁丝烤面包，还会用铝锅、供应面粉蒸好吃的蛋糕——"她曾用这样的办法，用完全被煤烟熏得通体乌黑的铝锅，做过许多个彼得堡风味的蛋糕"。

3

转眼，距在上海的下班路上买一只面包的时光已过去多年，准确地说，有十六年了，真令人感喟。那时我还没有成为母亲，独自晃在上海，采访、写稿、看展，和同事们约聚下午茶，叫上一客蛋糕或几只刚出炉的面包。

转眼，我的孩子已成少年，因着某条道路的选择，他即将启程去上海念高中——我想他也会去那些面包店——"老大昌"、静安面包房，他和我一样，是甜点爱好者。然而，有些我去过的面包店他没有机会再去，比如"马可孛罗"，这家 1994 年开于上海的店，据说老板是上海人，新中国成立前去的台湾，然后又回到上海开店，颇有故事。我和朋友去买过"核桃法棍"，撕开脆韧表皮，内有核桃仁和葡萄干，嚼之有浓郁麦香。2020 年，在网上看到，这家开了 26 年的店关张了，店主夫妻已八十多岁，没有子女可继承，只能关掉。关店前，有网友换乘几路公交车特意去购买和拍照留念。

"当岁月流逝，所有的东西都消失殆尽的时候，唯有空中飘荡的气味还恋恋不散，让往事历历在目。"普鲁斯特在《追忆似水年华》中说。启动他记忆的是"玛德琳蛋糕"，它已成为时间与回忆的最著名隐喻。

那个当初和我一块去买"核桃法棍"的女友前几年自己做了一个食物品牌，生产各种有趣糖果，包装上印着不同的"金句"，还建了个活跃的糖友社群。

电影《幸福的面包》中，顾客坂本老来丧女，妻子也身患重病已时日不多，坂本带着她来到他们相识之地月浦，企图自尽，却被这里温暖的氛围和面包香气所感染，决定即便时日不多，也要努力地活下去——老先生弯下腰，强忍眼泪捡起勺子喃喃说着："明天还吃，好的。明天还吃。"

"明天还吃"，日子就在食物间流转、延续，无论甘苦。伴随泥沙俱下，伴随艰辛欢乐。每个人，都在各自旅途中，一个叫作命运的茫茫旅途。

作家卡佛的小说《一件有意义的小事》中，一对中年夫妻丧子的巨大痛苦也是在一间糕点房得到些许安慰。那位曾和夫妻俩产生误会的面包师端上刚烤出炉的热面包，请他们接受自己的歉意。

"闻闻这个。"面包师说着，掰开一条黑面包，又让他们尝了尝，有糖蜜和粗糙谷粒的味道。夫妻俩和面包师一直聊到了清晨，窗户投下亮光，他们还没打算离开……

面包，以及其他人间食粮是这样支撑着人，慰藉着人，陪人走过幽暗、湿冷，陪伴人们走向干燥与平静。

食物陪人度过的岁月

父亲送来一袋在楼顶自种的菜蔬，有丝瓜、茄子和苦瓜等。午饭准备炒盘丝瓜，削丝瓜皮时突然想起，父亲会用丝瓜皮煎蛋，味道清香。丝瓜皮味甘、性凉。于是我把削下正要扔掉的丝瓜皮洗净切碎，加入蛋液，摊出的蛋饼是熟悉的味道——父亲手艺的味道。

事实上，在父亲手上少有被浪费的食材。有这种"变废为宝"手艺的还有我大姨，家族里她的命运最为坎坷。年轻时丈夫病逝，她独自拉扯三岁的女儿；女儿后来患病，离异后带幼女与大姨同住，一家子全靠大姨撑持。退休后，大姨做了几份钟点工，还去餐馆打工，节假日最繁忙时每每要忙到深夜。

母亲常与大姨通电话，大姨很少提及自己生活的困境，两人聊的最多的是些家常。大姨告诉母亲哪里超市打折，哪里新店搞促销，在哪碰上乡民挑来的胡鸭，她给母亲买了一只，这种胡鸭瘦肉多，宜煲汤。

我曾以大姨为原型写过一部中篇小说："在刘美琴手里，没用的边角料都可做出菜来，如柚子皮、橘皮、大蒜须、芹菜叶子、豌豆皮……且那菜绝不是将就凑合的，出锅后色泽鲜艳，滋味饱满，有着自身不可替代的独特。这是什么？是天分！刘美琴把菜挑挑洗洗，该煎的煎，该卤的卤。满是油污的狭小厨房里升腾起一股子暖心暖肺的香气。刘美琴抹抹手，开始活动活动。随便找盘老掉牙的带子，刘美琴就跳起来了。

她以前跟着电视跳韵律操，可完全跟不上拍子，手忙脚乱，气喘吁吁，她就索性自己跟着音乐扭来蹦去，全没章法，正因没章法才放松，才收到了健身效果。跳完了，该干吗干吗。"

　　这一段正是大姨的生活写照。要说苦，她是真苦，一个女人这么多年拉扯大孩子，又得接着管外孙女，就没个歇气的时候。可她还能从日子里制造出点小乐子，自从会用微信后，她常早上在家庭群里发一段问候语，比如"淡淡早安语，深深祝福情。愿一切顺心如意，平安美好，健康快乐！"——原本，她才是这个家里最需要祝福的人啊。

　　大姨做钟点工，其中一份工作是给一家旅游公司烧午饭。公司的人都夸大姨手艺好，这让大姨很高兴。她有时会搭配做点小菜，泡萝卜皮、豆豉大蒜须……这些用边角料制作的美食很受欢迎。大姨的烧饭经就是——什么菜最便宜时一定是最好吃的时候，因为那才是菜自然成熟并大量上市的时节。

　　说来大姨也六十多了，我刚上班那会儿，单位离大姨家近，中午常买点卤菜之类去蹭饭。大姨的日子不宽裕，家里餐桌却从不"清寒"。不关乎食材，是大姨的手法赋予食材不一样的风味，哪怕一碟腌西瓜皮也五味俱全，毫不简陋。

　　纵是把老芥菜，在大姨手下，也会焕发出另一种活力——烧开的盐水泡两三日，将老芥菜切碎同肉沫炒，下饭煮面皆宜。

　　那些大姨厨房里的坛坛罐罐中，你以为浸渍的只是萝卜缨和白菜帮子？那里面存的是过日子的热情与传承。空心菜梗手撕一定比刀切味道好，做茄子先用盐水浸十几分钟后挤干，茄子就没那么吸油，干辣椒过水再炸不易糊苦……这些家常食材中的经验，伴随一种坚韧绵长的意志，陪伴人把苦乐掺杂的日子过下去。

　　也许正是一日三餐的操持使大姨在如此坎坷的命运里挺了下来吧？

她享受买菜还价的乐趣、超市打折的乐趣、新店促销的乐趣，一点点小甜头化解了生活原本巨大的苦，使之没那么难以下咽。

前几天看日本电影《澄沙之味》，女主人公德江的扮演者，是在《小偷家族》《步履不停》等是枝裕和的影片中经常出演的演员树木希林（2018 年去世）。电影讲述一家铜锣烧店，有位老太太德江来应聘店员，她带来了自己熬制的豆馅儿，本想敷衍一下将老人打发走的店长，在尝过后发现意外地好吃。老人于是成为小店的一员，她其时已知自己患病，不久于人世，或许，她只是想将自己的手艺留下。

熬制铜锣烧所需的红豆馅的制作过程颇为繁复：红豆熬好后，店长问德江何时能加入糖再煮，老太太回答："立刻就煮的话太失礼了，我们要让这些豆子适应下这些糖。"

"我们要守多久呢？"店长问。

"两个小时。"老太太平静地说。

店长惊讶地张大了嘴，不过没说什么。老太太做的红豆馅太好吃了！从没吃完过一个完整铜锣烧的他，一气吃完了老太太做的铜锣烧。

德江介绍了一位擅做西点的好友给店长——她们，都曾患麻风病，那时的日本政府对麻风病人采取强制隔离政策，这使得整个社会对麻风病患者充满了恐惧，两人正是在那段饱受歧视的岁月学会了制作这些食物。

在因病隔离的那段岁月，是在与食物的亲近中，她们才熬过了那段异常难挨的时光。

有回临近中午时路过一条偏僻小巷。巷中的旧房快要拆迁，有女人在门口起锅炒菜，另一个女人坐在小凳上边挑菜边与她闲话。

"他这病也不知啥时能好。"挑菜的女人叹口气。

"急不得嘛，会好的，做好了我马上送去医院。"炒菜的女人年长一些，风风火火。

我着意放慢脚步，门口的煤气灶旁放着一盘豆渣、一碗打好的蛋液。锅内油热，女人滑入蛋液，炒好鸡蛋后倒入豆渣翻炒，调味，撒葱。一盆菜三下五除二出锅。另一个灶头用砂煲在炖汤，女人揭盖时看见里面几条不大的鲫鱼已炖成乳白的汤。

香气在秋日风中传得老远，驱散着寒意。

女人的麻利手法让我想起大姨，多年前在她家吃饭，她在狭小的厨房忙碌，变戏法般，东一撮西一把，锅中升起热腾腾的香气。

这"戏法"她还用在把旧窗帘拆了缝成沙发套，沙发套旧了改成椅垫，椅垫坏了扎墩布，如此循环往复，事物数度复活——日子里的这些折腾，也可视为一种创造与抚慰吧。

今日的菜吃完，明日还要买，那么就有理由一趟趟去熟悉的小菜场。虽是四季里吃过许多遍的菜蔬，也还是有乐趣在其中。老王今天进了栀子花，可以与韭菜同炒。老刘摊上有鱼杂，加点香菜辣椒可烩一盘。老李快收摊时余一些茭白，皮相不好看，里头却是嫩白的，早上卖八元一斤，这会只要五元一斤，回去加点红椒肉丝炒炒就是盘美味。

大姨与我母亲常聊的就是这样。这些小民之乐，使人在面对艰辛生活时不由添了些力量——我的大姨，正是在不歇的熙攘中，在一日三餐的操持里，排解着烦忧，稀释着苦楚，风尘仆仆而又笃定地过下去。

辑四　印迹

父　亲

有回我在家附近碰见父亲，他正在菜场外和人聊得热闹，我以为他碰上了熟人。后来才知道，那人是他才认识的，他们就菜价、天气、如何种菜等热议了好一会儿。

还有一回父亲住院，有一天他去邻楼做个检查，隔壁床的小伙子办好出院，非要等"9床爷爷"回来告个别。小伙子家在外地，父母都在外打工。父亲看他吃得简单，于是让我多送些饭菜，有一次还特地嘱咐我烧一份红烧肉带给那小伙子。

这些事对父亲来说，实在是小事一桩，类似的事父亲做多了，作为家人，连表扬他是雷锋的冲动都没了，因为表扬不过来。

父亲是江南人，却有着北方人的风格——他嗓门高，酒量大，脾气急，心肠热。他从军半辈子后留在赣地，转业后仍风风火火，骑辆车到处跑，还爱针砭时弊，时常指出这个城市需要改进的若干地方，让我向报社反映。

助人为乐是他的习惯。他自己还没手机时，拾到新手机一只，立马去寻失主；路上遇到乡村来的菜农，他怜其不易，一买就够家里吃十天半月；同乡孩子要中考，说家远不便，提出借住，父亲二话不说便收拾出小书房，让那孩子住上俩月，不仅分文不取，还常给那孩子做早餐、夜宵。类似的事，父亲不知做过多少。他自己奉行勤俭，借钱上却是慷慨，借给同乡，借给战友，借给亲戚，甚至借给单位的临时工。说来他也不过一介工薪，但旁人有困难向他开口，他很少拒绝，即使有过借钱要不回的经历。"他有颗水滴般透明的心"，作文里的话原来是有真人原型的。

不少借出再没音信了的钱成了压在我妈心头的一块重石，但我妈也习惯于石头的分量了，因为我常听她自我安慰：好歹你爸身体健康，钱财本是身外物——无法改变的现实把她托举到一个更高的人生境界。

有些亲友觉得父亲的热心实在太不合时宜。这年头，热心肠等于自找麻烦，等于很傻很天真。可父亲一点也不在乎"傻"，他觉得助人是一种永不过时的"时宜"。

热心的父亲还经常上当。每回外出旅游，我们再三交代他要谨慎，切莫被导游和商贩忽悠。他满口答应，但一踏上旅游地的热土，他立时晕了，别人三言两语就把他的腰包给清洗了。某年夏天，父亲公司组织西北游，旅程十二天，去之前我们苦口婆心，援引各类被骗事例，总而言之，希望他汲取教训，切勿再上当，买回一堆无用之物。父亲答应了，表示这次一定捂紧腰包，绝不轻信。

返家时，父亲旅行袋中不似以前每次鼓囊，我们暗中松口气。只见他从贴身衣兜中掏出给家中孩子买的物件——一对红绳系的貔貅。他用慎重的口气说，这是玛瑙。一听玛瑙，我的心，嗖嗖地就凉下去了！旅游景点的玛瑙意味着什么？父亲，大概率又受骗了！

一问才知道，是在途经某文化历史名城时导游带去的店子里买的。店主信誓旦旦地对他说这是如假包换的玛瑙，父亲于是买下了这对手感类似有机玻璃的"玛瑙"。但父亲丝毫不认为他上当了，虽说后面他发现沿途卖的全是这类"玛瑙"，但他买的貔貅造型是独一无二的——所谓造型，那对貔貅形态含混，说是狸猫也成。

我建议他退货，父亲说，都像你们这样，人家当地旅游产业还怎么兴旺，怎么发展？

　　被母亲说缺心眼的父亲，在亲朋中却很有人缘，谁都乐意与他打交道。父亲总用洪亮嗓门儿把人迎进家门，奉上烟酒吃食，挚诚地留人吃便饭——说是便饭，实际他要操练出十八般武艺，在厨房里鼓捣出阵阵油烟，摆出一桌菜肴，然后，等待他人的夸奖。因着这份夸奖，他对请人吃饭充满热情，他会做各种带馅料的面食，包括他的招牌饺子，常召唤亲朋好友来吃。我劝他买现成饺子皮省事，但他非要从买面粉开始，完成饺子的制作过程，因为"手擀皮和机器制的饺子皮，不是一个味儿"。

　　还有一次，他用卷心菜叶切成小方形，包进馅料，一枚枚扎好，上笼蒸出，色如青玉——母亲说，你可真不怕麻烦呦！对母亲来说，凡是馅料都不必包进皮中，反正吃到嘴里还得分开。

　　"那能一样吗？"父亲觉得母亲也太马虎，他对生活有股不厌其烦的劲儿。

　　父亲还是个超级武侠小说迷，我觉得他自己就如书中那些快意恩仇、"放旷江湖载酒行"的义胆侠士，爱憎分明，有情有趣，像个一腔热血永不会凉的老少年。

寻　　找

1

2022 年三月，因疫情从沪停课回家的儿子在家待得百无聊赖，提出想回市区的老房子看一看。在那儿，他度过了童年至初中的时光。

在老房子整面墙的书柜前，他问我，有没有太宰治的书？

"好像没有，为什么想起他呢？"

"我前晚在想，以后上大学、工作……生命的意义到底是什么呢？后来我在知乎上看到一个回答，是太宰治的一段话，我觉得挺好。"

我没有问他那段话是什么，因为我知道，有些打动人的话不宜再次转述或分享。我还知道，太宰治是位较厌世的日本作家，39 岁投水结束生命。他会如何阐释生命的意义？我记得他说过一句话："在这人世间摸爬滚打至今，我唯一愿意视为真理的，就只有一句话：一切都会过去的。"

取了茨威格与尼采的书，我们离开老房子，走在我身旁的少年身材颀长，但相比身高更能说明他的成长的是——他开始寻找生命的意义，无论这意义是积极的，或暂且的消极，都是一个人走向成熟的标志。这意味着那个无忧的、单纯而安全的儿童乐园悄然关闭，再也无法回头，他正迎着陌生而变幻的成人世界走去。

"生命到底有没有意义，只要你这样问了，答案就肯定是：有。因这疑问已经是对意义的寻找。"史铁生先生说的，他还说："人在追求意义的过程中创造了意义本身。"

只要开始了对意义的追寻，通向目的地的路就有了发端。

2

一个在加尔各答车站等待哥哥，却迷迷糊糊地误上火车，被带到千里之外的五岁印度男孩萨罗，经历了饥饿与各种惊险之后，进入了一所福利院。在那里，他被一对没有孩子的澳大利亚夫妇苏和约翰·布莱尔利收养。

二十多年过去了，长大后的萨罗遇到了女孩露西。一次朋友聚会中，儿时吃过的熟悉食物"糖耳朵"开启了被他疏忘的童年回忆。已经拥有了新的名字、新的家庭和新的人生的他，开始通过现代科技寻找亲人和最初的家园。

这是电影《雄狮》的剧情。我喜欢的演员妮可·基德曼在其中饰演萨罗的养母，一位善良的中产女性。电影的前半部分很出色，画面与表演都有好电影特有的质感，剧情也惊心动魄。误上火车的小男孩在空荡荡的车厢里大声呼喊、奔跑，却无人应答。

呼啸的火车将他带到了千里之外。

成年后的萨罗被家乡的食物唤起血源深处的追寻意识后，有一次他无意间点开谷歌地图，竟找到了童年记忆残片里那座熟悉的车站，那个他沉沉睡去之后，再也没见到哥哥的火车站。

这部获得第89届奥斯卡六项大奖提名的影片，来自编剧萨罗·布莱尔利本人的真实经历。五岁时，他在印度的火车上与家人失散，在加尔各答的街头流浪了几个星期后，被送进了一所孤儿院，后被澳大利亚的一对夫妇收养。

这对富有爱心的养父母，给了萨罗一个被他形容为"天堂"的家。一家三口住在一幢大房子里，厨房里永远堆满了食物，"我最喜欢站在冰箱前，它一打开就透出阵阵冷气"。

养父母还在萨罗的房间挂了张地图，在"加尔各答"上钉了颗小图钉——提醒萨罗别忘了自己的家乡。

生活安逸舒适，但萨罗没忘记自己的家乡。他找回了故乡，和亲人团聚，虽然哥哥不幸去世，还好母亲尚健在，为了等失散的小儿子回家，她一直住在当年的家的附近。

萨罗完成了对最初身份的寻找，那是他血脉的源头，为他解决"我从哪儿来"的重要人生问题。不解决这个问题，"我去向哪儿"对萨罗或许就成了一次无根之旅。

来处与身份，它指向一个哲学性的恒久主题：我是谁？

"我是谁"，根植于人生命体验的核心。"它将所有构成我生命的动力汇聚在'自我'这个谜团中：基因组成、信仰、文化、生活圈层，给予我滋养的人、伤害过我的人、我对人对己所做的好事和坏事、爱与伤痛的体验——以及很多很多其他的东西。"

寻找故乡与亲人，对萨罗来说意味着寻找自我的完整性。

3

有关"寻找"主题的优秀电影还有很多，《菊次郎的夏天》《公民凯恩》《雾中风景》《尤里西斯的凝视》……当然，还有重要的一部，巴西电影《中央车站》。

如果说《雄狮》中主人公萨罗的寻找更接近地理与血源意义的寻

找，那么《中央车站》中，主人公的寻找则折射出更丰富的内涵。

　　在巴西里约热内卢市火车站的候车大厅门口，一脸冷漠的退休女教师朵拉摆了一个书信摊，专为来来往往、目不识丁的旅客代写家书。写一封信收一块钱，如需代寄，再加一块钱。然而她常常在晚上将这些代寄信件带回家，和女邻居一起将这些信拆开，尽情地奚落取笑一番，然后把认为重要的信寄出，其他的信则统统锁进抽屉或索性扔掉。

　　有一天，女人安娜带着10岁的儿子约书亚来请朵拉写信，因为约书亚很想见他素未谋面的父亲耶稣。第二天，安娜与约书亚又来到车站，口述了第二封给孩子父亲的信。然而安娜刚出车站，就在过马路时被一辆疾驰而过的大客车撞了。

　　可怜的约书亚被朵拉带到了家中，然后又把他交给了一个女人——约书亚并不知道朵拉把他卖给了人贩子。

　　朵拉对自己说，是为了让约书亚过上更好的生活，但良心的谴责让她当晚噩梦连连。未泯的良知使朵拉次日一早就去将约书亚救出了虎口。

　　也许在负疚感的驱使下，朵拉带约书亚到东北部寻找他的父亲。从南到北的旅程，一老一小一路争吵，发生矛盾，但随着长途车奔驰在广袤的巴西大地上，两人间的相处也在慢慢发生着变化。

　　男孩约书亚不再憎恶这个女人，朵拉也逐渐寻回了她疏忘多年的温柔情感，一老一少之间萌生了亲人般的依恋。

　　电影结尾，一老一小终于找到了约书亚的家。那一幢矗立在土路尽头的房子，让男孩约书亚狂奔着扑过去，他的脚边扬起一条白色的灰雾。朵拉在他的身后，看着前面男孩奔跑的背影，心里是释然，也掺杂着失落吧——约书亚找到了亲人，他完成了这一路的寻亲任务，而她自己仍将孤身折返。

约书亚同父异母的哥哥告诉他们，父亲耶稣离家去找约书亚和他的母亲了，哥哥赛亚和摩西热情地收留了他，等待父亲归来。

黎明来临时，朵拉欣慰地离开了，她将回到里约热内卢的中央车站，继续自己的平淡生活……在护送男孩寻亲的这一路，也是她寻找自我的一路，那藏在冷漠背后久违的温情，在与一个小男孩的相处中被激发。

诚然，现实没有这么简单，冷漠的形成与消除都需要时间，重要的是，观众看到了希望——朵拉离开约书亚的那个清晨，她穿上了约书亚送给她的连衣裙，再次对着镜子涂口红。这支口红表明朵拉打开了心灵的窗户，对未来生活抱有的憧憬来到她心头。

在越来越亮的晨光中，她踏上了返程客车。在这段长镜头的记录里，朵拉的脚步轻快，背影坚定。客车上，她给约书亚写信：

"你长大以后开上自己的大卡车的时候，千万别忘了，我是第一个让你握紧方向盘的人……其实我很想念我爸爸，更怀念曾经的一切。"

——曾经，朵拉十分怨恨她的父亲，觉得他是个不负责任的酒鬼。这导致了她的冷漠，虽然电影没有交代她的具体生活，但我们知道，她并不幸福。这一刻她终于释怀。护送男孩的一路，是她与生活和解的一路，也是她从付出中得到新生的一路——对于新生，去付出是唯一有效的方式。像推开一扇窗，形成对流，向封闭中输送新鲜空气，以置换冷漠与沉闷。

伴随男孩的寻父之旅，朵拉一点点松动，释放出善意，她找回了"想念"这种温柔的情绪。

片中的寻找之路，伴随着沧桑与唤醒，怀疑与获得。一路上，朵拉和男孩逐渐靠近、信赖，生出坚硬外的温情——这本身是"寻找"赋予他们的馈赠。

"男孩要寻找他的父亲，女人要寻找她的归宿。而这个国家，要寻找它的根。"

能够让人类自我救赎的或许不是隐在云端的上帝，而是人与人之间的信与爱，是他们始终抱持的希望。

4

与《中央车站》最终弥漫银幕的暖色调比起来，曾获威尼斯电影节"最佳影片金狮奖"的法国电影《流浪女》则布满寒冬色调。

影片中，有一段牧羊人与流浪女莫娜的对话。

"这样的坏天气已经不适合露营了。"牧羊人说。

"我从不选择天气。"莫娜回答。

"那么你选择道路？"牧羊人说。

"是的。"莫娜回答。

她只想远行，离开。她要寻找什么？她走向哪儿没人知道，她自己也不知道。只有她的脚步声陪伴她。

沥青上的脚步，沙粒上的脚步，枯叶上的脚步。

"一个孤独的人唯一能有的对话，就是和自己的脚步声。"

拒绝任何社会规则，一直在路上行走的流浪女最后冻死在荒郊水沟。女导演瓦尔达表示别问为什么："实际上我们能否帮助那些说不的人，这才是真正的问题。我们怎么能帮助他们？"

我当时觉得这电影枯燥乏味至极，但在之后的年月，脑海却闪过几次莫娜独行的身影。

导演瓦尔达有张照片——火车上的她穿暗红毛衣，短金发的脑袋靠着窗玻璃，太阳照进来，她的发顶激起一小片强光，窗户映射出她满是深纹的脸。她闭目，似在梦中，似沉浸于某种思考。

她在一个访谈中说："电影人这个职业很艰难……我不是一个商业导演，放在影片里的东西总有一小部分会被观众接受。即使只是浪花的泡沫，也总会有浪花。即使只是一股气味、一种感觉，也总有东西能够传达出去。我是个乐观主义者，但我完全知道我是少数派，是一个边缘人。我对话的对象是少数观众，但我已经感到很幸福了。"

她还拍过一部电影——风格有些奇怪的《五至七时的克莱奥》，一个美丽女人一直活在被观望中，她听得最多的是"您真是美丽，维克多利亚小姐"。有一天，她受不了他人的各种观望，她生气地扯掉假发走了出去，开始观望他人。从幻象的迷恋中走出来，她说："我好像不再害怕，我好像是幸福的。"

一个女人越过外在，开始追寻内在的自我，这使她从被注视的客体变为了注视外部的主体。

这让人想起马斯克前妻贾斯汀写的："……女性在30多岁之后就消失了，除了扮靓、购物、料理家务之外，女性的所有抱负都变成了麻烦。我觉得自己重获了书写自己人生的自由。"

她和马斯克离婚了："我现在感到踏实，对我的生活充满感激。"

电影中的莫娜、克莱奥或是现实中的女人贾斯汀，她们都在寻找自我的路上。

5

"在这个没有上帝的世界上，谁敢说自己已经贯通一切歧路和绝境，因而不再困惑，也不再需要寻找了？我将永远困惑，也永远寻找。困惑是我的诚实，寻找是我的勇敢。"一位哲学家说。

　　寻找意义，寻找自我，寻找爱与美，寻找安宁，寻找精神的归宿……寻找，注定是人生的母题。宇宙万物里面，大概只有人类才有对"意义"的提问，这也正是人类区别于其他万物之所在。

　　"意义"，标志着灵魂或曰"灵"的存在。那晚，儿子提出"何为生命的意义"后，我该如何与他讨论呢？对一位还不满十六岁的少年，关于"意义"的讨论兴许会显得枯燥且说教。

　　我自己又会如何回答这个问题？人又为何要追问意义之存在？追问是徒劳的吗，它如若不能实质地改变点什么，为何要追问与寻找呢？

　　那一晚，从阳台向下看去，对面公园小岛上的灯光倒映在湖水中，幻变出极美光晕：它跳动着，闪烁着。水是虚空的，灯亦虚空，光映在水中，幻化出的闪动光影却构成实在的美——这大概和追问有点类似，看似虚空的问题，但在追问过程中却会实质地影响人的生命。

　　水中花，镜中影，它们果真是徒劳的吗？并不是。

　　在斑驳陆离的时代，无论是科技、伦理或生活方式都已发生巨大改变，自然的退隐与电子的占领意味着这一代人不免要经历更多成长的阵痛与迷失。

　　发问使肉体从物质生活中上升，去对精神层面进行介入与追寻，这无疑是趟苦旅，可能陷入迷惘与虚无，也可能一直触摸不到那枚意义的果实，但同时，它也指向一种更有质地的活着。

　　在挺长一段时间，即懵懂的青春期，我不也深深怀疑过生命的意义吗？

　　和几位友人小聚，我说起儿子对意义的困惑，一位女友正读文学硕士的儿子也在席间。他说，他当年也曾经历过这般困惑，尤其是出国几年，因环境陌生而越觉惘然。后来，他从阅读中寻找到意义与方向，这也令他决定从理科转向文科。

　　"世界上任何书籍都不能带给你好运，但是它们能让你悄悄成为你自己。"黑塞的这句话，也许把"成为你自己"改成"塑造你自己"更合适。人是会被塑造的，会被他所读过的内容塑造。

从渺小的自身出发，克服对孤独与未知的恐惧，在行走中去实证意义。

唯有上路，唯有交付，才能完成真正的寻找。正如电影《雄狮》中，年轻人萨罗踏上寻亲之旅，当他和生母紧紧拥抱在一起时，他回归到血脉的河流。《中央车站》中的朵拉放下生计，带男孩上路，在帮助男孩的同时也令自己身心安顿。

意义不是一个系着丝带的礼物，会快递到手中。意义是点滴的汇聚，它在每次抉择与蜕变、思考与对话，在为生活而尽的每一份力中。意义在于每棵树、每泓水、每缕吹拂的风、每片倒影、每次黎明接替漫漫夜色中。

这年六月，早早结束网课放暑假的儿子和几位同学相约去四川，这是十六岁少年第一次独自旅行。我同他走到小区外，他不要我再送，自己去高铁站。推着行李箱、背着硕大黑色双肩包的少年在骄阳下向我道别。

他的背影让我知道，意义之路将会逐渐在他脚下展开。

他将要踏上的那些陌生之地，有一天会变作应许之地，帮助他照见心中未明的角落，最终变成属于他的意义的一部分。

遇　见

车　厢

地铁车厢，穿马丁靴的女孩坐在位置上，长发，抱着一捧玫瑰，鲜艳的玫瑰映着她年轻兴奋的脸，最好的年华，一生中的粉红时光，犹如包玫瑰的透明玻璃纸。她身旁站着个中年女人，蓝色工作服，里面翻出深蓝色绒衣领。她看着窗外，那些呼啸而过的广告，关于服饰、美食、娱乐，还有几天就是大年三十了，女人的工作服臂上佩戴着黑袖套。

两个女人

她在十三楼，晾衣。她在十二楼，也在晾衣。我从对楼看她们。

她们各自专心地把湿衣抖开、夹好、抻平。闷热的周末上午，没有风，人们躲在空调房里。

楼上的女人苗条，月白家常睡裙，无袖，露出一截瘦白膀子，三十上下，染过的头发卷在脑后。楼下的女人略胖，近半百的年纪，烫头，松垮的黑色圆领 T 恤衫，头发短蓬，有些人生过半的大大咧咧。

她们动作近乎一致，弯腰，探臂，晾晒。月白裙女人的阳台有盆伶仃月季，黑衣女人的阳台摆着盆粗壮棕榈，像是她们各自体态的写照。

从窗口望她们的我有一刹产生了错觉：她们像是同一个人，楼上的女人晾着晾着，就老了，发福了，头发剪短了，因为要掩饰发福的体形，她穿的最多的是黑色——她往楼下走了一层，成了十二楼的那个女人。

怒　放

我们在她租房附近的上海万体馆台阶上坐着，路上经过"真锅咖啡"，玻璃门内，男女在提琴声中闲坐。街对过，肤色黝黑的外地民工在超市门边蹭点冷气。风从高高的万体馆台阶刮过，近旁球场灯光明亮，我们坐着聊些乱七八糟的话，尔后陷入沉默，仿佛什么也不说更合适。

回到她狭小的公寓，墙上是幅女作家赠她的油画，一片深浅的蓝色。她拿出母亲晒制的家乡杨梅干，冲了两杯热咖啡。咖啡是她当境外导游的妹妹带回来的。

咖啡配杨梅干，这样的组合我再也没吃过。

次日清晨，在走廊等她。阳光中，惊觉对面花影盛大：怒放的夹竹桃，高大的石榴花树，还有广玉兰，院里泊着一辆大红炫目的轿车，衬着周遭灰暗的楼房，有种奇诡的艳。这是四月的上海，弄堂里飘过生煎包的香气。

成功学

从广东番禺去天河的车上，雨水如瀑般从车窗流下，好友临时有事去了四川西昌，走前把我"托付"给她的朋友，一个相当勤奋的男人。

车上循环播放着他花费不菲制作的企业歌，之前他把自己作的词诵读了一遍，听上去非常励精图治。

歌声豪迈，男女声部复调式地递进上升，直向辉煌处攀去，让人觉得不干出一番事业有愧于心。而我，恰恰漫无目的，从此城到彼城，甚至无所思。

接下来换了一张中国台湾成功学家的讲座碟，男人目光如炬，"充电很重要"！他说他车上很少放音乐（除了那支振奋精神的企业歌），多放励志碟或某类课程讲座。车内弥漫着紧迫、催人奋进的成功氛围，车子的空间也显得逼仄起来。

成功学家讲到一半时，雨停了，白云山到了。

电　话

超市，排在前面的一位姑娘接起电话："喂，你好……找 XX 吗？他是我哥，他走了。不是，他去世了。嗯，上个月，在我们这儿的医院……谢谢你。"

姑娘穿件宽松的紫色羽绒服，身材娇小，马尾辫，柔细的头发和精致的五官，脸上是要竭力忍住眼泪的平静。她应当不止一次接到类似电话，对方打她哥哥的电话。她保留着哥哥的手机，向对方说"谢谢"。

看　展

上海莫干山路。标语、灰砖墙、涂鸦、工作室标牌，荒废的旧工厂成为艺术策展地。二楼在搞活动，大屏幕在放一段短视频：上海小街，为几块碰破的豆腐，肇事者与豆腐主人进行了持久的舌战，还有一帮围观者。肇事者说，豆腐下到锅里总归是要弄碎的，有什么关系！豆腐主人说那不一样的！饺子吃到肚里也要消化的，那还包什么饺子？肇事者说，有什么不一样？双方你来我往，最后以肇事者愤慨地买下对方的豆腐作罢。

最日常的片段，但拍成短视频后有了种诙谐的艺术魅力，来自日常又超越日常。在几米远处，一束灯光打着一张白椅子，椅子不时在空地上抽搐，把人吓一跳。转到后面，原来接了电线。这张通电的椅子想表达什么？把日常作为思考的对象，"物"有了独立属性，这当中藏着对话和辩证。

一位认识的画家赠了他的作品明信片给我，上面的介绍写着："职业艺术家，参画过《姨妈的后现代生活》……"明信片上有画家的一帧生活照，蓝布沙发上搭了块白色毛皮，方桌上堆着茶具和一盆海棠，画家懒散地坐在沙发上，一手撑着脑袋。他身旁的落地台灯亮着，玻璃门外似已天色发白，就像画家已思考了一个通宵——我想起，他的绘画中皆是不符常规的比例与透视。他说，这就是他要表达的。绘画要懂透视干吗？很多人只懂透视，不懂绘画。

青　春

波澜不惊，他在舞台上。歌唱选秀。还是新人的他，少言，像有心思的高中男生。评委说他是选手中状态最稳定的，的确，他的脸静如一池春水。他的家在某个南方农场，在前几场比赛中，他父母来了。他母亲，外形像长年头顶烈日劳作的农妇，朴实、局促。她坐在台下，看儿子唱歌——神情的羞涩，似乎是不敢相信台上这个清俊的男人竟是自己儿子。他的吉他弹得那么好，歌声那么动人，她表情紧张无措，又有无比的自豪。

在电脑上找他的歌，却都不及他在节目中唱现场。他适合现场，因为他的歌声要和他的人、和他的吉他在一起才能发挥出最佳效果，散发雾中夜色般的摄人心魄。他收获了票数很高的场外支持率，胜过另一位奔放似火的歌手。内向有时比热情有着更大的感染力，在内向中，有一种细致如琴丝般的东西悄然拨动。

旋　律

夜晚公园外，一位年轻人调试音响，怀抱吉他开始演唱。唱的是周启生的《天长地久》，这是一首20世纪八九十年代的流行歌，动人之极，他这么年轻，竟然会这首老歌。夜色中，几位同样年轻的观众在听他唱，还有年轻歌者的女友，在一旁等他。我和她聊起来，她说他们春节后准备去北京，"试试运气"。

想起多年前的北京，夏天的东十二条。清早，狭长的胡同无人，我戴着耳机，赵传的高亢歌声响彻耳畔，胡同两旁的树木向着明亮使劲生长。北京，那么大，和青春一样让人找不着北，那些爽利又骄傲的，在舌尖上翻滚的儿化音令异乡人的孤独感发酵充分。

青春，它像一只扶摇茫然的纸鸢，不知终将飞去何方，又有什么未知在前方等候。赵传的歌声让人血脉偾张——忧伤且豪情万丈。

公园这个小伙子让我想起赵传的歌声，从单薄的胸腔喷薄而出的歌声，这种喷薄，需要心脏猛然的推力，用摇滚的方式唱情歌，卑微后头是藏不住的狂放与柔情。

这位歌者和他的女友，会在北京经历什么呢？他们正青春，有一把吉他，他们会感受清晨的北京小胡同吗？会一块儿乘末班地铁吗？会在地下室拨响琴音，让它驱散空气里的潮湿吗？

北　京

一位女友说起，年轻时有次去北京，只买到站票。向北的火车上，她那天身体有些不适，站到后面有些站不住了，她蹲下，抱着胳膊。右后排靠过道的一位中年男士站起身来说："您坐这儿吧。"

他用的是"您"字。

他站了一个多小时，直至到站。其间女友几次说把座位还他，男士说："不用，您坐吧。"

这位女友后来辞职去北京，找了个北京男友，后来在那儿安家了。

有一次，她说她在北京的定居多少与那位把她称为"您"的男士有关，一个"您"字给她留下极深印象——亲切有礼，充满人与人的温暖善意。

那位男士肯定想不到，他影响了一个陌生女孩的一生。

另一件事是一位网友说的，她有回走在北京东三环接近呼家楼的路上，看到前方一个长发女子抱着头蹲坐在路旁，脑袋深深埋入抱着的胳膊中，看不到她的脸。当时天寒地冻，她却只穿着一双拖鞋，身上仅着一件单衣，看样子像刚从屋子里跑出来。

这时走来一位年轻男士，他路过蹲着的女子身旁，愣了一下，随即脱下自己的外套，俯身轻轻给她披在身上，并无言语，起身离去。远处霓虹闪烁，寒夜将雪。

晚年的雪和梅花

"文，我将刘伯伯的诗和杨阿姨的摄影制作出的小视频发给你，我觉得诗与画真是太美了，让我太享受了，你给点专业的点评。"这是冬天第一场雪落过后，妈妈发来的。

"很好，老有所乐。"我正准备开会，匆匆回道。

刘伯伯和杨阿姨是妈妈的老同事，一个爱好写点东西，一个喜欢摄影。刘伯伯写的诗是《七律·梅花》："含苞待放季冬开，恰似晴空散雾霾。飒飒西风秋桂去，飘飘朔雪玉妃来。棵棵蕊冷蝶无影，朵朵清香满院栽。傲视群芳寒艳美，尤尊典雅豁胸怀。"

杨阿姨拍的是雪中红梅，一诗一影，配上音乐，可不是老有所乐嘛。让我惊讶的是妈妈的感叹，自从学会用微信以来，她的人生刷新了，我们的关系也刷新了——以前这么文艺的对话是不会出现在我们之间的。在我们的口语交流中，充满一触即发的矛盾，但自从使用书面语交流后，我发现我们之间交流的语气与内容有了改变。

虽然妈妈还是常发些养生、孝道之类的内容给我，但也会夹杂与文艺有关的东西。之前我一直觉得她最大的业余爱好是看肥皂剧，我从没想过"诗与画"会让她觉得"太享受了"。我对妈妈有了新的认识。

2018 年暑假，我和先生带着儿子在国外旅行近一个月——以前妈妈不会用微信时，我们出国都靠偶尔打个长途电话联系。现在妈妈会用微信，联系方便多了，隔着时差，我经常醒来时看到妈妈的留言，让我们安心玩，照顾好儿子之类。虽然这些话多数没有标点，夹杂错字，但我知道，妈妈写下这段留言已相当不易了——因糖尿病引起视网膜病变，妈妈的视力下降得厉害，看东西常是模糊的，可以想见她戴着老花镜，费力地一笔一画地在手机写下每个字的样子。

她不仅发给我，也留言给上海的姐姐。前阵子，姐姐遭遇了些烦心事，压力很大，妈妈常留言给她劝慰。有一次，她写道："我老打电话给你，又怕你心烦，也不知道如何安慰你……"一样是没有标点，夹杂着错字，也一样充满了一个母亲对儿女的记挂与操心。这样的语气，于我们甚至有几分陌生，因为在童年与青春期记忆中，她是没有这样耐心的，加上我们的不驯，母女间常起争执。那些用语言彼此伤害的记忆真是糟糕。

从何时起，我们和妈妈的争执少了？或许是不住在一起的距离使双方的异见有了转圜的余地，或许是我们人到中年，多少懂得了收敛锋芒。妈妈老了，人老为慈，加之联络方式的改变，由口语更多转成了书面语，使得往昔那些尖锐的争执渐渐平复下去。

当然，还因为有了孩子，姐姐的女儿麦宝与我的儿子乎乎，他俩使我们与父母间的谈话绕过一些可能的暗礁，转向风平浪静，乃至云开日出——"出云"，正是麦宝的大名。

我在与父母的聊天中，每每把乎乎推到前面，我知道他们愿意听到每一点有关乎乎的消息，这个话题于我是趋利避害的选择——它是最不易引起我和父母分歧的一个话题。

有时，我把乎乎考试较好的成绩告诉他们（差的就不说了），妈妈郑重地在微信上回复：小宝，祝贺你取得的成绩，外公和外婆为你点赞，并预祝你期末取得更好的成绩！

　　她一直喊我儿子"小宝"，哪怕他已是一名身高近一米八的少年，在她眼里还是永远的"小宝"——那个她和我爸一块带大的萌娃。有一天，儿子在紧张的学习之余抽空去看她和我父亲时，她说，"小宝，外婆每天晚上都要看几次你小时候的照片，实在太可爱了！"少年乎乎对"可爱"这样的词显然已完全不感兴趣，这个词是对"酷"的背叛，但乎乎本着尊老的精神，只能为难地领受外婆的赞美。

　　妈妈七十二岁生日时，我送了一款手机给她作礼物，之前那款手机用了两年，已有些卡，这对成天要使用微信的她来说有些不便，因此一款新手机是最恰当的礼物了。妈妈果然很高兴。要知道，我之前给她买任何礼物，几乎都会遭到她的反对。

　　微信成了照亮妈妈老年生活的一束光焰，替她打开了一扇通往新天地的门。她加了老同事的群、亲友的群，他们嘘寒问暖，赏画吟诗，他们关注时事，在节假日相互发送各种祝福，形式包括对联、民谚、格言、心语及视频等，全方位地营造着春天般的群关系。

　　退休后以刷肥皂剧为精神生活主导的妈妈，仿佛找到了全新的归属感。而父亲坚持不用微信，他的智能手机只用来打电话。有一次，妈妈误退了一个群，她大惊失色，打电话问我如何能重新加进去（之前是我拉她进群的），她的惊慌如同暗夜行路者丢失了前方的灯光，让我想到《奇葩说》中有一位辩手那段颇煽情的话："微光会吸引微光，微光会照亮微光，我们相互找到，然后我们一起发光，这种光才能把阴霾照亮。"

　　这个阴霾，于妈妈是老年的孤单。是的，虽有父亲的陪伴与照顾，可他俩脾性爱好乃至口味全然迥异，他们生活了一辈子也吵了一辈子，以前有我和姐姐分散他们的精力，当我们离开这个家后，他们因脾气与兴趣等差异形成的空隙便放大了。现在，他们找到了各自可自洽的空间，正如微光照亮。

　　此前，除了看电视剧，打电话是妈妈最主要的精神活动，她把电话打向四面八方的亲友和同事，平日俭省的她打起电话来的那种不问时长但求尽兴的态度，与她的寂寞成正比。但不一定每个人都有时间与耐心接她长长的电话，当电话因对方有事中断后，她又回到那种寂寞。固然有电视剧，但不是每个时段都有她喜欢看的，况且，这毕竟是单向的、缺乏互动的一种方式。而微信，它扩展了妈妈的人生，使她从电话里的家长里短走向更开阔之地，有了更丰富的体验。比如在一场雪之后，她有了欣赏诗配摄影之美的享受——"享受"，这个词，我曾认为在妈妈的生命中是长期缺席的，她克己、勤俭，像经历过那个匮乏年代的许多人一样，我极少看她"享受"什么，无论是精神或物质的。

　　现在，这个词却出现在老年的妈妈口中，真令人惊讶，原来她的人生一样有抒情的需要。我想起多年前，她在一天繁重的工作与家务（那时父亲在部队）后，当我和姐姐睡下，她在床头台灯下会翻几页小说，似乎是《红楼梦》——这画面遥远得有些模糊了，但记忆中的确有过。我还想起，莫言获诺贝尔文学奖后，她要求我给她买本莫言的小说《蛙》，那时她的视力已下降不少，她戴着老花镜一页页认真读完……

　　身为大家庭中的长女，忙碌的工作与操劳家务的重担已是过去式，老年的妈妈可以自由地读她想读，听她所听，她常会发些经典老歌、戏剧小品的链接在亲友群里，这些"文艺"或多或少分担了一点她的病痛——妈妈身体很不好，各种病痛从未间断，但近年来，她的身体状态或说精神状态有所好转，多少与微信带来的改变有关吧。

　　开完会，我点开杨阿姨拍的小视频，梅花红，雪花白，寒冬的萧瑟因红梅的点缀而显大美，我又能给什么专业点评呢？这些走向暮年的老人们，为一场雪以及雪中梅花写下诗、留下影，让其他的老人透过手机屏幕感到太美了、太享受了，这过程本身就已圆满，何需点评？

　　一个人的晚年里能为雪和梅花而赞叹，真是太好了。

"有效的燃烧"

——健身房手记

1

据说健身的起源可追溯到旧石器时代。那时的猿人，已开始通过伸懒腰等动作来缓解身体的疼痛。当然它的发扬光大是在当代，从白领与中产阶级的生活标配日趋大众化。

最初，我觉得自己与健身不可能产生什么关联：那是"女汉子"的爱好，而我从小到大，都是"女汉子"形象的反面。有挺长时间，我的绰号一直是"林黛玉"。

在外省生活五年后的冬天，我回到我出生的城市。某次去一家健身房，路过走廊的一面镜子，镜子里映出的人是如此糟糕，不仅是体形，还有神态的疲惫。

我匆匆逃离了镜子。此前，我与镜子的关系也一直不怎么融洽。

我在这家健身会所办了张健身卡。我希望有一天能坦然面对镜子：有些人天生不用学习的事情，另一些人需要专门学习。

"镜子不是让人变完美，而是变完整"，这句话带给我以触动。完美与完整的一字之差，实则指向两种不同的追求。前者很可能让人幻灭——不管你的外在发生怎样的变化，你都没法从根本上让自己变成另外一个人，而后者才应是追求的朝向。

"做个元气充沛，清透天真，骨坚肉匀，身心均衡的人"——这是运动理想，也是人格理想。

我愿自己在走向老年的过程中，仍有清澈的双眼和结实的骨肉。

2

多年前，读村上春树的《当我谈跑步我在谈什么》时，讶异于他是如此的专业运动者，他几十年如一日地长跑，从夏威夷的考爱岛到马萨诸塞的剑桥；从铁人三项赛到希腊马拉松……

"跑步无疑大有魅力：在个人的局限性中，可以让自己有效地燃烧——哪怕是一丁点儿，这便是跑步一事的本质，也是活着（在我来说还有写作）一事的隐喻。"

这段话击中了我。有效地燃烧，它不仅是跑步一事的本质，也是一切运动的本质。

也许每个人的体内都藏着一块炭吧，有些一辈子也没点燃过。而运动，就是去点燃这块炭，照亮身体，让它从内部生出光热。

村上春树说，运动可以消除脂肪、生出肌肉。然而，并非仅仅如此。"我一直有这种感觉。它的深层肯定还有更为重要的东西。但那东西究竟是什么？我自己也不知其详，连自己都不知其详的东西是无法向他人说明的。"

大概只有坚持运动的人，才懂得村上的"不知其详"。

当我成为一名长期运动者，我明白了那"不知其详"的感觉——运动是形式，也是内容本身。它改变身体的同时，对精神也产生着影响。

当身体更轻盈、灵活时，身处的世界仿佛也没那么沉重了。你感受到在不可控的动荡之外，为自身储备了一些力量，一种类似抽穗或拔节的力量。

3

身体天生是喜欢舒适的，当遇到累、酸痛这些感受时，会本能地排斥与逃避，运动便成为一桩"苦差"。但当人坚持下去，跨过某个节点，使运动成为习惯，像跑步之于村上春树一样，它便融入身体与精神，成为你在人世的一项重要支撑。

有次单位组织登山活动，在走了很长一段路，体力已达临界时，突然在艰难的几步完成后，脚步变轻了些，更轻了些。有种能量像从遥远的不知名处，重新注入了身体。

接着走下去，感觉到体内某种不可言的神秘转换，那明明已临界的体力是如何又被延续的？让我想起"飞轮效应"——花费力气把车轮蹬起后，它开始自我运转，以一种惯性的能势。

这次登山经历，身体由几乎要停顿的疲累转向重新发动的瞬间，是如此神秘与"不知其详"……

若不经历之前的疲累，不到那个临界点，不会体验这一瞬。正如不登临某个高度，不会得见令人惊讶的景观。

身体的神秘还在于其看似大同，然而千差万别的构造。

有人无需练习就可以双盘，有人练习多年也做不了这个体式。再有跪立抬膝的体式，我第一次看教练做，讶然之极。她跪立垫上，双手在体后撑地，背部略向后倾，脚背轻松竖起，渐至与地面垂直90度，双膝抬至齐胸。我试了下，双膝勉强离地一寸，脚背已是生疼。之后练习若干次，双膝始终只能离开地面一点。

每个人都带着遗传的身体密码，以同样206块骨头构成迥然不同的人体地质，人的复杂性正在于此。从身到心，失之毫厘谬之千里。

4

易往往也是难。

譬如书法里笔画最少的字，或舞蹈里短短几个走步，譬如瑜伽中仅仅一个站姿——动作越简单，越需要调动意识，用意识去控制肌肉。有了意识的参与，身体才能从深层次调动起来，去建立身体的觉知与平衡，增强肌肉的力量。

当意识逐渐成为习惯，运动的意义才真正成立。

冥想亦是最简单的复杂。在"空"中，流动之声愈加喧哗。引导喧哗走向平静，需要将心、意、灵完全专注在初的静空中，仿佛训练灵魂的肌肉。相比身体的肌肉，它更无形、恣肆，更难以捕捉与调动。

"当冥想的对象笼罩着冥想者并由客体转为主体时，自我意识便消失了。"然而，我的自我从未消失，它像个难缠的孩子，紧附于我，须臾不离。

冥想是抑制心念的多变，超越世俗带给人的精神负担，摆脱所见所闻之物的干扰。但心灵的本性是——它总易被喧哗吸引，冀求一些可见可闻之物。

如何由冥想跳脱出那些驳杂，去体验清澈的、纯化的喜悦？曾有一位对中医与书法都颇有造诣的老先生告诉我，数十年来，他和老伴每日早餐白粥佐馒头，不配任何小菜。在我看来，这未免太单调了，好歹得就点小菜吧？

"不配菜才吃得出馒头的本味。"老先生一笑，深藏功与名。

白馒头就是"纯化"的境界吧。有一天我也能吃出那味道吗？真有那天，该喜还是悲呢？

这个答案尚未确定时，"自我"仍在暗中喧哗。

5

瑜伽课休息术，老师随着轻柔音乐指导大家"放松"。

"眼皮放松""嘴角放松""眉头放松"……她轻声的语调仿佛一波潮水缓缓而来，使一切抵牾的松弛，使一切无意识的痉挛止歇。

当念到每个部位时，人才意识到——原来，身体从头到脚，有这么多部位一直惯性地紧绷着。当"放松"响起，呼吸平稳，那个部位才陡然惊醒般，落回它该在的位置。

原来，我们一直是在日常生活中这般悬置着身体的部件。

原来身心圆融就是——每个身体的部件都在它该在的位置。

中国台湾导演、作家刘梓洁说到练瑜伽的感受："在每一次吐气的时候，都给自己一个机会，去找到你身体里最宽厚的部分。我以前习惯让棱角露出，越利越好，自伤伤人，称为个性。现在才渐渐知道，圆融不是乡愿，而是慈悲。也许这一切与瑜伽无关，只是年龄。"

年龄，就是让人去扩展体内宽厚的部分，而融掉棱角。放下评判，不再焦虑，像流水经过，似落叶拂地，温和地、诚实地与自己和外部相处。

诗人说："一个彻底诚实的人是从不面对选择的，那条路永远会清楚无二地呈现在他的面前。"

一个诚实的人，总是让身体的每个部件待在它应当待的位置。

6

瑜伽与柔术的区别是什么？也许这是每个练过瑜伽的人会好奇的

问题。

　　柔术以表演为主要目的，它属于杂技的一种，体式几乎是它的全部——成功的柔术要达到视觉的惊险刺激与不可思议。

　　瑜伽的目的则是从身、心、灵三方面进行修习，过程中需要体式（不以将身体弯曲到常人难以达到的位置为目地）、呼吸、冥想、放松等多种技法的配合。当这些技法最后不成为技法，与身心融为一体，才是瑜伽的练习终点。

　　柔韧性只是瑜伽其中很小的一部分，好的瑜伽练习者并不倚仗身体的柔韧性，而是靠不同部位肌肉的拮抗力量去完成体式。

　　"用均等而相反的力量伸展身体的一个部位离开另一个部位，借此在身体里创造出空间"是谓拮抗，在相互对抗中相互促进，或许就像写作与运动的关系——静与动、精神与身体，它们以"均等而相反的力量"互为补充，互为促进。

7

　　运动的吸引力还与它的场域有关。在健身房，人拥有一个脱离社会属性的"我"，卸去一切身份与符号，回到自体本身。

　　健身房就像一个隔断，一个绝对自我的中心，在奔涌中充满平静。"运动者"是唯一身份，正如病人在医院只有一个代号"X床"。

　　我通常不与人做过深攀谈，因为不想失去做个"新人"的机会。

　　"化装者在消弭了自身的特定身份后获得了自由：重新指称自身、自我想象和自我探索的自由"，健身者的角色正是一种化装或说匿名的隐身。

　　在健身房，我有意止步于某种带有陌生感的人际界线前。与健友们熟悉，但不知晓彼此的个人生活。

这种包含在"熟"中的陌生正是令人轻松的地方。

"熟"固然带来热络，也隐含风险，或说有一些麻烦。熟要承受期望，承担破灭……熟，背负着各种责任和义务。

当越来越"熟"，熟可能开出花，也可能长出刺。

只以健身者的身份相视一笑就好。止步于更熟之前，交换一个微笑，无需知根知底。到处是"熟"和伪装成熟的"熟"。熟已经够多了。

当在一个空间里，只享受"熟"带来的人与人之间的友善，而不必承担"熟"衍生的纠葛，实在是件愉悦的事。

8

与肉体有如棉花般的本能的松懈与舒适不同，运动的舒适是从体内重新生长出的、一种创造后的舒适，对身体充满确认的舒适。

巩固这种感觉成为身体新的本能。这巩固，必然用汗水换取。没有任何捷径。

只有身体内部经历了真正的燃烧，才会产生变化——汗水是最朴素也唯一的真理。

不要轻信任何汗水以外的途径，正如别相信过于甜腻的抒情。

9

比起静态的瑜伽，有氧操、尊巴这些操课更具吸引力，它们混合着音乐、舞蹈与运动三种成分。

瑜伽像是食素，有益身心，但口感有时难免枯燥。跳操和舞蹈则如配合甜点的下午茶，从第一个音符响起，全程可享受那份自身体里迸发与释放的酣畅——那是被音乐、节奏激发出来的身体本能的律动，正如火是人类欲望的起点，节奏与旋律亦是，它抵抗步入黑暗与死亡的恐惧，抵达人类生活中发光的那部分。

人的意义由音乐开启，有如光焰之蔓延，照亮存在的伟大主题。

音乐，它使律动的身体有如齿轮与皮带的配合，在音乐的润滑中，身体产生燃烧的美妙能效。

每一次，在音乐中跳动或起舞，我都会再确认一次——起舞，确是我生命里最喜爱的事物之一。它使我感受肉身之外"灵"的飞升，如雪的飞扬，叶的回旋，溪流的奔涌，更高的东西自"我"中升起。

这一刻，身体——无论美丑胖瘦，它忠实地承载着人，陪伴着人。这具身体，无论遭遇过什么，还有抒情的能力，跃动的能力，被音乐打动的能力。这是多么幸运！

身体是人真正的故乡，起舞，则是那张返乡的船票。

10

"人们花很多时间精力去伺候自己的身体，将它当作最高的主人；另一方面，却又不能意识到自己身体的存在，我说的是它本身的存在：身体的精力、潜能、可塑性等等。"

运动的意义即是寻找——物质的身体去寻找能量的身体，而能量的源头与本质，是信与爱。

运动最核心的目地是建立与自我的连接，通过身体助力精神的完善。当然很难，否则所有职业运动员都可能是智者。难的是在身体能量增长的同时，精神能量也同步增长——在那些与自己相处、磨炼身体的时光里，你充分地觉知、观照，把精神的步伐努力随之前移那么一点，哪怕是一丁点。

　　"运动除了强健一个人的体魄之外，更是一种'文明其精神'的进阶过程。"一位运动爱好者如是说。

　　长期以来，运动在人们的认知中等同蛮力，等同"四肢发达"，这实是谬见。真正进入运动中才会发现，运动需要技巧与力量，同时也需要意志与智慧。很多优秀的运动员，并非只有一个极具天赋的身体，而同时有着与身体对称的理性、热忱与不乏深刻的思想，关于风险、恐惧、挑战和自我意志，我们能从他们那里得到更多启示。

　　若没有思考，可能一个错误动作你会做上十年或更长。同一个健身房里练习同样时长的人，水平参差的原因除了身体条件，更有悟性与思考之别。

　　有人纯用肉身在练，而更高阶的运动是调动头脑、意识参与到肌肉练习中——当肌肉中包含了智性，肌肉才是有灵魂的肌肉。随物赋形。

11

　　"基本上，当你开始犹豫，你就踏上了搞砸的不归路。"一个有着凹陷眼窝、棕色皮肤的男人说。在人群中，这是一张普通的、说不上英俊的脸，但当他历经两小时五十分，终于攀上一千多米的约塞美蒂国家公园半穹顶绝壁时，落日余晖中，他的脸所浮现出的几乎是某种接近于神性的东西。

　　他是世界著名徒手攀岩选手艾利克斯·霍诺德，拥有多项徒手攀岩世界纪录。在没有任何保护措施的情况下，他孤身徒手攀上海拔超过九百米、垂直接近九十米的酋长岩。

　　是疯子的游戏吗？艾利克斯从伯克利大学退学，成为职业攀岩家。挑战的疯狂与凌驾一切的奋不顾身，只是出于一种鲁莽的荷尔蒙冲动？不，对他来说，那是经过直觉考量后的选择，是基于自我了解的精准推断与训练。如何战胜恐惧？驯服它！攀爬前，每次探路后他都会写日记，事无巨细地记下每个路段的细节，他精心考察路线，不断排除障碍，吊在绳索上反复练习所有动作，直到"一切都感觉是自动的"，而非草率的赌命。

在不断重复练习的过程中，他和陡岩之间建立了超凡的精神连接。那在观众看来恐怖的万仞绝壁，对他有了生命性。

此时，自我怀疑才是他要面临的最大危险。

当艾利克斯徒手登到岩顶，心颤悠悠提到嗓子眼的观众，似乎也在一瞬间接通了那些与强大生命意志有关的部分。我们不可能成为他，但我们看到在人类中有一个这样的他。他站上岩顶的那一刻，我突然从这个西方人身上理解了"天地万物为一体"的东方精神。

12

运动无法一劳永逸。只要停顿数日，它在肉体上留下的痕迹便会逐渐清零，像一块高弹海绵般弹回松散。这使得运动如同西西弗斯的推石上山，每一次结束即是新的开始。

"那个永恒的无穷动即是存在的根本。"

运动正是以这样的特性去督促人不可懈怠，保持动的常态。这也正如思想，不要停下，不要陷入浑噩之中，持续地阅读与思考，才能使思想保持清明。

我庆幸多年前那个晚上，三十六岁的我去了那家带游泳池的健身馆，那面镜子里映出的自己，令我下决心走进了健身房，坚持了下来。

那面镜子，就像命运以镜子的方式闪现，使一样事物从此进入了我的生活。我已无法想象，一个数十年来从不运动的我会是怎样？当然，也许看上去与现在的我并无大异，但无疑内在是不同的。

塑造人的生命的是些看似偶然的事物，但偶然中又蕴含着必然——我愿意把运动这件事物视作我生活中的一枚按钮，一个开关，一盏弧光灯。

它把另一种刻度的时间带到了跟前。

13

据说健身器械设计的初衷是为了活动关节与矫正体态，治疗重体力活所带来的身体损伤或是先天性的身体疾病。每个现代化健身房都拥有裸露的齿轮、杠杆和铰链，各种金属部件散发着冷兵器的光芒，或又让人联想起刑具的恐怖。

当然也可以不依附任何器械开展健身，比如平板撑或斜板撑。三十秒，六十秒，绷紧的四肢仿佛变作树干往地面渐渐扎下去，逐渐生出须茎。闭眼，体会到盘古开天地中，他毅然化身成为神树，骨骼四肢化作树干，呼出的气息变作风云，毛发化作树叶的感受。

当然，我绝无盘古之神力，但那种手脚吸附于大地，让一股力量向下贯通的感觉或许是相似的。力传递至每个指尖，牢牢地撑起身体，生命的柔韧与延展似一棵树——枝丫朝向天空，根系扎向地下。

原来人是可以模拟一棵树的，不仅在神话中。

14

脚仍然不能离开墙完成"肩倒立"，偶尔有几秒，双脚可以离墙，但很快，脚依然要找寻墙面的支撑。向教练请教如何能做到这个体式，她的回答是调动腰腹核心，去寻找那个平衡点。我知道，这就像请教他人如何能把文章写得更好一样，答案其实全凭自己去体会、寻找。

那个可让身体不依赖任何介质树立的"平衡点"，藏在身体的某一处，它必须协同正确的体能与发力，才能托举起身体。

我一次次试图找寻那个让脚离开墙面的"平衡点"，有些盲目。但在盲目中，兴许总会接近它的。这似深海声波般神秘幽微的存在——此刻，我在身体的内海凫游，在看似盲目中寻找一种确凿、一个回声。

还要练习多久呢？没有答案。能掌握这个体式吗？没有答案。

在一次次的寻找中，身体的边界逐渐扩展，正如人在阅读与省思中，去扩展见识的边界。

在寻找中，等待那个时刻的来临——或许它不会来临，但也没关系，寻找的过程本身有时即是目的。

15

健身会所在市中心的某大院内，闹中取静。一楼和二楼是偌大的器械区，挨窗口有一排跑步机，运动时从窗口望去，树木葱郁，每棵都绿得那么独立、完满。

三楼是操房和瑜伽房，从一楼去三楼是个带扇形回旋的楼梯，每次中午换好轻便的运动服走上楼，总是莫名愉快起来。

再之后，这所市区的健身中心关门了，我去了更远的一个地方上课，新健身房临近湖边，有一整排临街的落地窗。每回上课，店长一定要进来把所有窗帘拉开——他觉得上课的会员是最好的广告。

2021 年末，晚上拉丁舞课上到一半，突然发现窗外不知何时飘起了细小雪花。路灯下，外面街道空无一人，只有雪花在空中兀自飞旋，健身房内回响着音乐，教练在指导会员转胯、挺胸、收腹，始终不要降低头部的高度……这个话不多的中年男人，三十八岁时突然在公园迷上了拉丁舞，辞掉承包出租车的工作，一头扎进拉丁舞的学习，一天跳十个小时。几年后，他成为专业教练。现在他快五十了，他说会一直跳下去。

伏尔泰先生云："即使没有上帝，也要创造一个上帝。"健身或舞蹈，又或是其他爱好，就像一种信仰。

每个人都应当从自我生命中，去寻找从肉通向灵的某种信仰。

巴尔特与母亲

　　读林贤治先生的一则随笔，关于罗兰·巴尔特与他的母亲。

　　1977 年 10 月 25 日，法国著名作家、思想家罗兰·巴尔特的母亲在经历了半年疾病折磨之后辞世。母亲的故去，使罗兰·巴尔特陷入了极度的悲痛之中。

　　从母亲逝去的翌日，他开始写《哀痛日记》，历时近两年。

　　"这是一部特别的日记，共 330 块纸片，短小而沉痛的话语，记录下了他的哀痛经历、伴随着哀痛而起的对母亲的思念，以及他对于哀痛这种情感的思考和认识。"

　　在罗兰·巴尔特的笔下，这是一位美丽、质朴、仁慈，有着相当的文化修养和高贵的自尊心的女性。当母亲活着的时候，罗兰·巴尔特担心失去她而使自己处于神经官能症的状态之中；及至母亲去世，他已然无力承受孤独和虚无的重压。他一个劲儿使用灰色调，在纸片上这样涂写他的自画像——悲痛、消沉、害怕，总之脆弱得很。

　　我们完全相信，罗兰·巴尔特的母亲一定是一位尽责的好母亲，这位 23 岁就因为战争而成了寡妇的女性（丈夫是一位海军军官，在罗兰·巴尔特未满一岁时阵亡），靠微薄的战争抚恤金把罗兰·巴尔特和比他小 11 岁的同母异父的弟弟养大成人。

　　她用一生守护着儿子，"她不但是罗兰·巴尔特生活的缔造者，而且是罗兰·巴尔特灵魂的养育者和庇护者"。

然而，当看完这篇随笔，我却觉得这位母亲也许不能算是完全称职。因为对罗兰·巴尔特来说，"失去母亲以后，他有被遗弃感，觉得失去了活着的理由。他多次说到死。他想死，然而又想疯狂地活着"。

能否说，至少在"分离教育"方面，罗兰·巴尔特的母亲并不成功？而这是亲子关系中重要的一环。

"他制造假象，复制过去，他不能接受与母亲分离的事实。"从某种意义上，罗兰·巴尔特在情感上还是个孩子，对母亲的极度依赖使他像个尚在哺乳期的婴儿，他无法独立处理好一件原本正常不过的事——任何人都要面对的生老病死。

在《哀痛日记》中，他写道："我可以在没有母亲的情况下活着……但是，我所剩下的生活直到最后肯定是没有质量的。"

在1978年2月21日的日记中，他写道："支气管炎。自妈妈死去以来的第一种病。"

还有次他写道："昨晚，噩梦：妈妈丢了。我不知所措，处在泪水的边缘。"

如果这是个孩子或少年的日记，或许并不奇怪，因为面对亲人的死亡的确是需要准备的（心理的准备、时间的准备），但当时的罗兰·巴尔特已六十多岁。

除了日记，他还给母亲写了一本书——《明室》，上半部分谈论摄影的本质，下半部分谈论母亲。他借用普鲁斯特失去祖母时的话说："我不仅情愿忍受这种痛苦，而且要尊重这种痛苦的与众不同。"

"没有母亲我可以生活（我们每个人迟早都会过没有母亲的日子），不过，我剩下来的生活，一直到死，都一定是坏得无法用语言形容（无优秀品格）。"母亲去世以后，他一直未走出哀痛和对母亲的追忆。

在精神上，他和母亲共住了一辈子。

罗兰·巴尔特，一方面他是法国作家、思想家、社会学家、社会评论家和文学评论家，开创了研究社会、历史、文化、文学深层意义的结构主义和符号学方法，其丰富的符号学研究成果具有划时代的重要性。另一方面，他是一个始终未长大的孩子。

母亲逝世两年多，罗兰·巴尔特从一场宴会离开返家时，据说由于精神恍惚被一辆卡车撞伤，一个月后伤重不治逝世，终年 64 岁。后来人们在车祸发生的地点刷上标语："请开慢一点，不然您可能会轧到罗兰·巴尔特。"

据说，符号学家朱莉娅·克里斯蒂娃回忆罗兰·巴尔特临死前的情景："他的眼睛闪动着疲惫和忧郁，脸色无光，他向我做了一个要求放弃和永别的动作，意思是说：不要挽留我，已经没有什么用了……好像活着已经令他厌倦。"

或许，从母亲逝世那刻起，罗兰·巴尔特已觉得生无可恋，死亡对他反而是一种解脱。

林贤治先生在那则随笔的结尾说："能做到博爱固然可崇敬，倘若不能，爱一个人就够了。"正如我们所看到的，在一个人那里，罗兰·巴尔特显得那么纯粹。

是的，我同意罗兰·巴尔特对母亲的爱非常"纯粹"，不过，有时"纯粹"也会使一种情感走向偏执。

罗兰·巴尔特便是如此，作为一个思想家，他应当清楚生老病死本是人类的基本课题，没有人能逃脱死亡，人不应为不能逃脱之宿命而去钻牛角尖。

罗兰·巴尔特却耽溺于丧母之痛中数年未能解脱。"他已经陷入人生的最低潮：隐隐沮丧，感觉受到攻击、威胁、烦扰，情绪失落，时日艰难，不堪重负，'强制性劳动'等。他深知，这是哀痛的经典机制。可怕的是，后来连最可靠的记忆也受到了影响，他不能不把所有这些同母亲去世一事联系起来。"

这样一份"纯粹之爱"，我似乎难以去歌颂。正如我不能去歌颂罗兰·巴尔特受过的心灵折磨与痛苦。

如果这份"纯粹之爱"发生在爱情当中，尚可以理解，但它发生在亲子关系中，对孩子来说，并不是一桩好事。

"母子间的感情应该是绵长而饱满的，但母亲对孩子生活的参与程度必须递减。强烈的母爱不是对孩子恒久的占有，而是一场得体的退出。"教育学者尹建莉说。这段话如此清醒地说出了亲子关系应有的面目。

罗兰·巴尔特的母亲是如何与他相处的，我们不得而知，不过她一定是位倾情付出的母亲，或许正因为太倾情付出，才使罗兰·巴尔特在她走后，陷入不知所措的悲伤情绪中——像一个从母亲身边走丢的幼儿。

母亲将她的爱，如一根绳子牢牢系紧了孩子，即使在她死后，这根隐形的绳子仍没有松开。

教育家尹建莉说："爱的第一个任务是和孩子亲密，呵护孩子成长；第二个任务是和孩子分离，促进孩子独立。"母子一场，是生命中最深厚的缘分，深情只在这渐行渐远中才趋于真实。若母亲把顺序做反了，就是在做一件反自然的事，既让孩子童年贫瘠，又让孩子的成年生活窒息。

"分离"，的确是需要学习的。

母亲对孩子，不是只有深情即可。这份深情更要伴随"放手"，让孩子学会独立地去面对自我的道路。它不应当如一根紧缚的绳子，而应当如一根风筝之线，当风筝迎风起飞时，这根线就应松手，让风筝去找自己的天空。

大概是自己做了母亲后的自我警醒——我何尝不是一个过分操心的母亲？对儿子关注过多，包括他的衣食、情绪种种，有时说是他依赖我，不如说是我过分依赖他，依赖他对我的需要。

　　但我也清楚，健康的亲子关系应当是伴随成长带来的逐步分离，直到他有自己的人生与家庭——"父母从第一亲密者的角色中退出，让位给孩子的伴侣和他自己的孩子，由当事人变成局外人，最后是父母走完人生旅程，彻底退出孩子的生活……而检验一个母亲是否真正具有爱的能力，就看她是否愿意分离，并且在分离后继续爱着"。

　　在亲密联结与泛滥母爱之间，如果未能把握好那条绳子，"亲密"对孩子有可能成为一种破坏力和灾难——孩子要么恐惧或反抗这种依恋，要么永远走不出这种对"亲密"的依恋，像罗兰·巴尔特一样，把母亲的死也视作自我生命意义的终结。

　　而对一个真正深爱孩子的母亲来说，这肯定是她不愿看到的。

　　在经过一番艰难的抉择后，今年的夏天，我和丈夫做了一个决定，让孩子去外地读他考上的高中，去开始他自己完全独立的生活。

　　做出这个决定，是因为我不想再把他牢牢系在身边，不想一直无微不至地关心着他，也干扰着他。我想让空间的距离真正帮助我完成一次早晚要到来的必然的分离。

　　让从未离家的他，在一方更开阔的天空开始他青春的翱翔吧！只有在翱翔中，他的羽翼才会日渐丰满，而不是用"呵护"去令他的羽翼萎缩。

　　如果罗兰·巴尔特的母亲知道在自己死后，儿子会如此痛苦颓废地度过以后的日子，她一定会在活着时，鼓励他去建立自己独立的情感世界，那里不仅有母亲，还有伴侣与朋友，以及他自己的孩子。

　　她一定会为孩子走出家门而高兴。

　　她一定希望儿子是这样一个人——爱母亲，但依然会在她离开后，达观地走下去，过好自己的生活，找到人生的意义，并把爱传递给身边的人，包括他的孩子。

　　也许，这才是纯粹而健康的爱。

远去的信

　　雨天，收到女友荔红从上海寄来的新书与手写的信。蓝墨水竖写于宣纸信笺，言辞简洁，却如书名《意思》般有些意思，想到"丹青有主，风月无边"。

　　好久没有收到手写的信了。

　　翻抽屉时，会把那些不舍得扔的卡片与信重读一次，那些笔迹摹画出过往岁月，似读他人的故事——"黑暗里那些泛着微光的/是你多年来感动过的事物/它们因你的感动/而一直没有把你遗弃"。

　　手写信，曾是重要的交流方式。家书、征友书，那时杂志多刊有笔友信息——在杂志的最下方，很小的字体，短短的几句自我介绍。介绍都很相似，无外乎喜欢阅读、音乐和运动之类，但我们还是能从中找寻出想交流的笔友。

　　那时的笔友，相当于现在的网友，只是对彼此形象更朦胧，更需要耐心交往。因为等一封回信，可能要好几天甚至一周，我们迫切地对远方的陌生同龄人告白着我们的青春，分享着一些不想与老师、父母诉说的心事。这些笔友，即使抽象到只有一个收信地址、一个名字，也不妨碍我们把最隐秘的心事向其吐露。

　　我们像是在给另一个青春的自己写信。那时，我们与笔友的爱好那么相似，烦恼也何其相似：学业的压力，父母的念叨，还有些青春共有的莫名感伤。

其实，信上写了什么与回复了什么不重要，重要的是我们把信寄往了有具体收件人的天南海北。

信，不仅成为青春梦想的回声，也替代了我们渴望而未遂的远游。

一位朋友说，他高中时曾同时与十几位笔友通信，最远的是西北一个小镇的女孩。他们在信里夹寄树叶、书签、千纸鹤这类东西——这些青春的标本诗意而脆弱，但也正因为脆弱而更显得诗意。

是从何时起，手写的信退出了我们的生活呢？现在的我们只发微信或短信，只用QQ或电邮，打字代替了手写，如果手机出现故障或者恢复出厂设置，有可能会丢失很多交流信息——曾有一次，我的手机就出现了这样的情况，丢失了很多信息和照片，真是太可惜了。

而那些手写的信，在我的抽屉深处，经历几次搬家后，还保存着几封。尽管纸页已微微发黄，字迹仍历历可见。有种温度扑面而来，那伴随笔迹的是熟悉的故人。

"见字如晤"，这四个字真美呀！它使交流的对象不是虚拟的，而是可触可感，有他（她）的墨迹为证。展读信件，逐字逐句，仿佛"空山不见人，但闻人语响"。

我曾看过一本书——《千面宋人：传世书信里的士大夫》，里面有不少古人书写的真迹，比如黄庭坚的《雪寒帖》、米芾的《武帝书帖》、司马光的《天圣帖》、赵构的《付岳飞书》、欧阳修的《端明帖》等，还有写下"先天下之忧而忧，后天下之乐而乐"名句的范仲淹，他在书信起首的时候，会把自己的名字"仲淹"两字写得极小，我们就像看到一位谦虚中正的人。

如果没有书信，就不会有这些墨宝留下，这可是中国文化中至为宝贵的一部分。手札是古人们交流感情、传递消息的重要介质，有关它的雅称有好多，比如笺、函、札、简、牍、书简、鸿雁、鲤鱼等；古人还留下了许多关于信的名诗佳句，如"江水三千里，家书十五行""烽火连三月，家书抵万金""云中谁寄锦书来，雁字回时，月满西楼"，都十分地隽永而经典。

如果那时就有了网络和微信，固然便利，可就留不下这么多书信和诗词了，传统文化就要失去许多瑰宝，那可真是太遗憾了。

这让我也不免想到，现在的学者和作家大多使用电脑写作，后人如果想再一睹他们富于个性的手迹，是不是会成为一件难事了呢？有家南方的刊物为避免这种遗憾的发生，开设了一个作家手书的栏目，让作家们手抄一篇自己的文学作品。我也曾应邀抄写过一篇。

未来，会不会有一位爱好文学的读者，在某间图书馆偶然看到作家的笔迹时，情不自禁地揣想这个作家有着怎样的样貌和性格呢？

如果没有信，也就没有电影《邮差》，没有意大利圣安东尼小岛上邮递员马里奥和智利诗人聂鲁达的友情。马里奥是诗歌爱好者，对在岛上和妻子过着流放生活的诗人聂鲁达充满了敬意。事实上，他是马里奥唯一的邮政服务对象。在一封封信件的收送往返间，邮差与诗人间的友谊日益滋长，邮差学习写诗……

主人公马里奥的扮演者马西莫·特罗西在拍摄完毕后因心脏病突发而逝世，这部夹杂着海浪与教堂钟声的电影成为他的绝唱。片尾，邮差马里奥录制下自然界的动人声响，包括悬崖上的风声……

因为信，小岛留下了一份深情厚谊。马里奥在崎岖山路上吃力地骑着单车为诗人聂鲁达传送信件的画面是那么美好。

而信在这时代的退出会丢失掉多少动人故事？

多年前在澳门买"手信"，看店名以为是与书写有关的物品，如信札笔墨，进去后才知道手信只是多元化礼物的统称，在《左传》中它最原始的称呼叫"贽"，即礼品之意。

不论是礼物，还是书信，人与人之间是需要一种介质来传递情意的。它不是虚拟的，而是可触可感的。正如墨迹写在蕴藉的纸上，从信封里抽取，展读，逐字逐句，直至读到写信人的名字以及"念挂"，仿佛"空山不见人，但闻人语响"。

多年前，与女友聊起想开一间与"手书"有关的店，专售与书写有关的物件（不是枯燥的文具用品店）。各式毛笔良墨、润物细无声的笺纸、守口如瓶的信封、或雅或拙的小印章……一间只为手书而开的店。

书写的意义，有时只为写下一个名字。横竖撇捺，点提折钩，那是你的名字。中国台湾诗人纪弦写过一首诗："用了世界上最轻最轻的声音／轻轻地唤你的名字每夜每夜／写你的名字，画你的名字／而梦见的是你发光的名字……"

在纸上写下你的名字，无论你知不知晓，这是微信电邮无法替代的情意。曲折地，落笔处有惊雷。名字收尾时，一生里的惊蛰气节过去了。

梦或星辰

"灯——自明，并且把其余的也都照亮"。

　　晚饭后去附近公园，一路遇到各种自发的群众舞蹈组织。有一位女老师在公园大门的花坛处教舞，她在这公园跳了几十年，除了恶劣天气，每晚都来，有一帮固定的追随者。我也曾是跟着她跳的一个，那时还没孩子，夜晚有充分的自由。跟她学过若干支舞，有江南的、蒙古的、印度的等等，当然现在全忘了，不过仍记得跳完回家时，走在路灯下的那种感觉——年轻的身体还未完全从刚才的音乐和舞蹈中抽离出来，仍有点跃跃欲试，像以前从卡拉 OK 厅出来，才觉得喉咙刚刚打开，歌兴正浓，是可以放声一下的时候了，却结束了。

　　那种在路灯下往回走的感觉，是由年轻与舞蹈本身赋予的好，筋骨是有弹性的，腰身柔软，"生老病死"这词尚远。身体被音乐与舞的回响充满着，如春日河水的奔流。

　　后来我去上海工作、生孩子，再回到这城市已隔数年。公园里的这支舞蹈队仍在，女老师身姿依旧，面庞在暖黄灯光里老得并不明显。我往后退了些，竟有些怕她认出我似的，我是怕她讶异于我的变化。经历了生育忙乱的几年，我真正有了中年的面貌。领着儿子乎乎逛公园，碰上他有兴趣时，大模大样地坐在花坛边观舞，没兴趣时一下跑远了。我告诉他，妈妈以前也在这跳舞，乎乎热情地说："你去跳啊。"

"这个舞妈妈不会跳，以后学了再跳。"我知道，是不可能回到这支队伍中了。

跟着她跳舞的人，一直保持在二十人左右，有像我一样离开的，也有新加入的，总人数持衡。这支驻园舞蹈队，常引得人停足观看，主要是看女老师。当她示范起舞，旁观的人便要发出喟叹，跳得蛮像样！是的，如果你知道她如今有六十左右了，大概更要感叹。她神情严肃，卷发在脑后扎成一把，保持着二十岁的身材。

另有一位曾在小树林空地教交谊舞的男老师，也跳了多年，浓重的本地口音，总在那儿示范步伐，舒肩撑臂、前进步、后退步、旁移步、快慢慢……他响亮地喊着拍子，头略向后仰，在教会群众前先陶醉了自己。

当我从外地回来，小树林换了别的舞蹈组织，一些大妈在跳广场舞，音乐铿锵，但树林里似还依稀回荡着那个男老师喊拍子的声音。

公园内有个大操场，有三个中年女人在教跳健身舞，她们在球台上像球场少女啦啦队一般活力无限，配合"最炫民族风"之类的流行歌，跳上一个钟头不歇一口气。中途会派其中一位来找新队员收费，这么乌泱泱的夜色与面孔，竟记得谁交了钱谁没交。大概十元钱一人吧，现场收钱。

从外地回来后，我办了张健身卡。健身房的舞蹈老师比公园的教舞老师更专业，不少是科班出身的舞者。公园的教舞老师更民间化，他们使舞蹈成为人们茶余饭后的休闲运动。我不知道他们的职业、家庭，但每回在公园看到他们跳得如此忘我、持久，不由会想，他们的夜晚从不需社交吗？如那位女老师，除了有次春节前她说要去上海探亲，从未请过假。她信念牢固，成为那公园夜晚的一部分，由此也可推想，她的个人生活肯定是极规律而简单平稳的吧。

健身房的舞蹈课，老师来来去去，会员多是老会员，来健身房成为她们日常的一部分。有一位细眯眼的胖女人，五十上下，站在那儿时显得极普通，一起舞却颇有身段，转腰扭身间，波光粼粼，其胖成了一汪活水，为有源头活水来，在她体内潜伏着舞蹈因子，脂肪不能移，岁月不可催，甭管多粗的腰，多大的岁数，音乐一响，那些因子哗剥作响。

另一位瘦高的眼镜女正好相反，她四肢生硬，虽然努力想跳好，但调度不了身体，举手投足总不协调。当然，跳得好或不好都不要紧，这是自娱的一刻、释放的一刻，健身房为身体提供了一个正当的舒展机会——在我们的文化中，身体的"耻感"伴随多年，即使在一个无人空间，多数人可能也难以用舞蹈去调动身体。

健身房的教室，剔除了身份、职业，脱离了社会符号世界的肉体，有更单纯的指向，指向光、自转、热力、风、早春，指向一切愉悦的事物。一种僵硬在温水中渐次松弛。人人专注地盯着老师的示范——这些老师多来自高校、歌舞团或文艺团体，比起公园带舞的老师更专业，动作也抠得更精准。

教民舞的男老师普遍个头小，有一位甚至可以说是娇小，孩子气的面庞。在教新舞前，他通常先完整地跳一遍给我们看，舞姿柔媚，符合"轻云岭上乍摇风，嫩柳池边初拂水"之类讴歌古典舞蹈的句子。他选的曲子也多悱恻，恰与他舞姿配合。他也教欢快的少数民族舞蹈，他小个头的敏捷优势尽显，鸟儿般轻巧。

后来，他被南方某部队文工团相中，要去那边工作。最后一节课上，他跳了支新编的舞，音乐是飒爽的红歌，他仍跳出一波三折，非常动人。他很少笑，笑时带点忧郁的孩子气。

另一位民舞 L 老师，是省歌舞团的，曾在央视春晚节目当过伴舞。他的个子也不高，舞姿阳刚，抑扬顿挫，同时不乏柔情绰态。我上他的

第一节课时，舞蹈已教一半，我站在后排看他跳，有惊艳之感。

跳起《春天的芭蕾》时，L老师，这位外形阳刚的小伙子跳出了挺拔。腾跃旋转，透着"台下十年功"的扎实训练。

舞蹈的美，还在于它涵括了音乐。

好音乐是提纯过的语言，去除了俗世生活带给语言的各种污染以及人工美化，只余下提纯的部分。它不是介质，是舞蹈本身，时间的本身，它竖桅扬帆，带人抵达一个与世俗生活不同的异乡——灵与美的故乡。

它注定与俗世生活相携共生，作为俗世的重要补充，它使人获得上升、欢愉。它像光影，使物象有了立体的景深。一个只有用途、价值、数据、法则与律令的世界是不可想象的。

我曾写过："如果世间确有永恒，那么就在此际、此刻。"它无需凭借对象，是一个自我对另一个自我全心全意的托举、拥抱与赞颂。

> 我刚开始跳舞的时候，甚至不敢看镜子。真正让我打开自
> 己的是学了一支老歌《Body Ache》，里面有段词：
>
> I wanna dance till my body ache
> Show you how I want ya
> Till my body ache
> On a whole another level

一位也喜欢跳舞的人如是说。

忙乱的生活，没有多少时间上舞蹈课，但每一次去，都使我感到，舞蹈确是我生命里最喜爱的事物之一。音乐响起时，春风百里，有比肉身更高的东西在飘荡。舞蹈中的身体，使人觉得生命尚未枯萎，还有抒

情的能力。无论曾遭遇什么，这一刻的身体——无论美丑胖瘦，都是有灵魂的。

有若干年的岁尾，即 12 月 30 日的晚上，我都在健身房的舞蹈室度过。我觉得这是最好的迎新方式，比起泡酒吧、聚会之类，更能以一个洗礼过的自我进入新年——不管过去有多少旧事擦痕。

那些老会员也在，她们的脸在大镜子中很不年轻了，但她们的背影，起承转合间，还有着对岁月热情的呼应——她们中的一个，大家叫她"何姐"，近六十岁，走在人群中瞬间会湮灭的普通，身姿也不够"舞蹈"，可她跳了多年舞，几乎未落过一节课。有一次，她去外地看女儿，回来时从火车站径直来上舞蹈课。课后她总比别人练习更多遍，我们忘记动作时只需看她就行。

当她起舞时，那个普通女人被另一个优美的女人置换。有一次课后闲聊，她说她会跳到老，直到跳不动的那天为止。她像说起一种地老天荒，说起灵魂伴侣。我想起有一次冬天，健身房原本有节舞蹈课的，因糟糕的天气取消。我路过健身房去取一件忘在那儿的衣服，大教室里有音乐声，过去一看，是何姐，她在复习上节课学的舞。旋律优美，饱含深情，何姐背对着门，跳得投入。我走了，怕打扰她，打扰她一个人的地久天长。

这庸常生活里的幸运，使生活在某些时刻高于柴米油盐，它是作家说的闪电燃烧的"枝形光弧"。

当我到她的年龄时，会不会拥有这个时刻？无论彼时我的人生是什么状况，无论身姿如何，身体有着何种暗疾，我还能否透过镜子的折射，进入一个可振翅飞升的时空？

"做不可能的梦，伸手向不可触及的星辰。"当起舞时，梦成为可能，而星辰也能被触及。

低 音 部

　　自己属高音上不去的，除了破音别无选择，所以对低音一直有偏好——人总是会把"我无"作为对立或疏远，而把"我有"放大至偏好。我对低音甚至偏好到，认为低音部位离心脏更近些，因而更具有"人声"质地的本色美。

　　有次失眠大爆发，听歌到夜半两点，听到一位韩国女歌手的歌，是把好低音，她第一声透过耳机响起时，我吓一跳，像有真人对耳朵突然吹了口气，有温热的气息！

　　还有次听20世纪80年代成名的中国香港歌手区瑞强的代表作《陌上归人》《渔火闪闪》，不愧是"香港首席发烧男声"，嗓音有淬火后的醇厚。再想下我喜欢的女歌手，亦多为低音，梅艳芳、欧阳菲菲、中岛美雪……有人说"低音是天生的，高音是练就的"，这似乎为我偏好低音找到了依据。我更喜欢低音中那种天生贴靠灵魂的气息，它让人想起"未觉池塘春草梦，阶前梧叶已秋声""萧萧梧叶送寒声，江上秋风动客情"，还有"洞庭波兮木叶下"——中国古诗词中的秋天正是低声部的，辽阔，识尽愁滋味，却道天凉好个秋！

　　看到有人问，为何低音歌手出名的不多？答曰，传统中国审美偏向高音，如传统戏曲中就无低音角色，再有中国民歌中的低音作品更稀少，通常都高亢激昂，才似更彰显唱功。然而，低音动人，那是"君问归期未有期”之化境。

歌剧中的低音倒是多见，尤其俄国男低音，"这种以胸腔发声的特殊音色，低沉浑厚得像是来自大地的黑暗之声"。歌剧中，低音虽身处音域的最低层，但因其庄重常被指派饰演显赫的角色。用低音发出的诘问、宣告以及预谶，似比其他音域发出的更有种不容置疑的派头。

乐器中一直喜欢大提琴，它由 15 世纪一种叫作"低音维奥尔琴"的乐器演变而来，音色浑厚、沉缓，拉奏出的旋律充满复杂感情。注意到它的美，是有次雨夜在车上听《天鹅之死》，这支耳熟能详的曲子听过多遍，却在那个雨夜才静下心领会那只濒死天鹅与人类全然共通的情感。身负重创的天鹅，挣扎向生，一番飞旋后倒地，闭上双眼默然死去……大提琴的音符在雨夜沉郁回响，它与一只受伤天鹅，不，也与受伤人类的命运如此动情地吻合。似一张无形的弓以雨水为弦拉奏而出。一只生灵的负创，向生的挣扎、告别，优雅悲怆的尊严，都只能在低音上行进，羽翅掠过水面，最后悄悄沉入水底。

高音如同摩天大楼那几乎耸入云端的部分，又或是一只飘摇的风筝，它在云端，向着不可测处攀升，它离地基是那么遥远。而泥土是低的，河床是低的，树木是低的，尘世是低的，有重量的爱是低的。

我信赖低，像信赖柴米油盐的日常。我的理想居所是家常院落，植竹几竿，有桂与梅几株，院子角落杂花生树，随意生长，没有人工巧匠的用心良苦，每日脚可以踩在土地上。

我怕置身于"高"中，虽然我若干次登上过以高而闻名的建筑，譬如纽约的帝国大厦、中国台北的 101 大楼、上海的东方明珠还有环球金融中心。当站在这些高耸入云的建筑顶层时，我感到悬浮与眩晕。这些高度，毫无疑问是人创造出来的建筑伟迹，这些高度还会不停地被刷新。

多次的长途飞行也没让我克服对"高"内在的惶然，在与云层接近的"高"中，我只想赶紧回到地面，回到与人间平行的高度。

　　比起俯瞰大地，我更愿仰望星空。或许是因为没有足够的安全感，遂渴望向下驻扎的根系的踏实。那是归于土地的安适。

　　细水长流的低，轻声呢喃的低。与低相伴的必然是私语、倾诉，只有哭闹、宣讲、叫喊和争吵才会进入尖利高亢的声域。

　　我愿在一个低音部的人世老去。

"每一本书是所有的时间"（代后记）

1

可以肯定，证明人"活着"这事的指标绝不仅是肉体的新陈代谢。在新陈代谢中，有知觉和灵息的参与，才可称为"活着"，否则只是生物性的一个过程，无异于稗草、蟾蜍或鼠类。

每个意识到自己"活着"的人，大概都有其自身的方式。轰烈的，安静的；看得见的，看不见的。看见或看不见，都是"存在"。尽管看不见，往往不被承认。王小波的哥哥王小平曾写："这个世界提供给我们的东西，除了表层的符号外，还有一些深层的实质性的东西。表层的符号多半是浮光掠影、无足轻重的东西，就像一件物品或一个人的名号，对事态没有实质性的影响……除了无关痛痒的符号外，还有一些实实在在地影响我们存在状态的东西。感触的层次之下，还隐伏着更深一层的实质，这些东西才是这个世界较为深邃的一面。"

可惜这个世上表层的符号总是强势地不待见那些隐伏的东西，认为标配外的"存在"是不存在的。

然而诚如王小平先生所说，在名号以外，譬如那些奇妙的感触，以不同方式搅动内心的波澜，这些东西才显示了世界的深邃。它和具体参数无关，通向一次艰难而愉悦的探寻，通向不可穷尽。

2

"当我们呼吸正常时，并不认识到这是多么重要，而当急促的呼吸降临身上时，才想到呼吸是我们的命根，是所有正常生活的决定因素，将一种曾经认为是恒定的力量因而被永远忽略的东西忽然推到眼前，这就是所谓的存在。"

写，也是寻找"恒定因而被永远忽略的东西"的一个过程。它囊括世间的蝇营狗苟、生老病死，囊括了探索自我以及外部的历程。

此前虽有无数如椽巨笔录下过这些，可我的亲朋和邻居二大妈刘胖子没被录下，某条青春期的郊外公路没被录下，某家消失的小食店、某块老厂区黑板上的手写告示没被录下，某次旅途中一个流浪汉用仅有的小盒牛奶喂他的狗没被录下……

我的写，于是成立。

像穿过开往霍格沃茨魔法学校的神奇站台——在九号站牌与十号站牌间，有个胖女人告诉新生哈利·波特："别停下来，别害怕，照直往里冲，这很重要。"哈利弯腰趴在手推车上，向前猛冲，眼看离检票口栏杆越来越近——他已无法停步——手推车也失去了控制，他闭上眼睛准备撞上去——但是并没有。

当他睁眼，一辆深红色蒸汽机车停靠在挤满旅客的站台旁。哈利·波特回头一看，检票口的地方竟成了一条锻铁拱道，上边写着：九又四分之三站台。他成功了。

罗琳的这段描写着实精彩！它打破了一道重要的隐形界限，将现实与魔幻结合，创造了和人类列车并行的另一个时空。

那个九又四分之三站台，也可视作生活与文学之间的镜像。当写作者受激情驱使，带着探索的劲头照直往里冲时，就冲进了生活的另一个维度，与生活平行但更加深邃的内部。

3

人间万相，汤汤浊流，太阳底下无新事，这个世间是如此琐碎而纷沓的实体。经由文学棱镜的映射，周而复始的实体生活同时又具有了廓影、深度和质感，在其中的小人物被看见、被确立。

文学的"晶化"使世俗有了另一维度的意义。即便最贫穷低贱者，如福楼拜小说《淳朴的心》的主人公费丽西蒂，一个虔笃的贫苦女佣，在文学里却有了属神的可能。

1876 年 6 月，福楼拜在给翟逦蒂夫人的信中写道：《淳朴的心》老实说来，叙述了一个隐微的生命，一个乡下可怜女孩子，虔笃，然而神秘、忠诚，并不激扬，新出屉的馒头一般柔和……你以为有所嘲笑，一点也不，而且相反，非常严肃，非常忧郁。我想打动慈心的人们，让他们哭，我自己便是其中的一个。

她身上的贫贱标签也无法阻止她对他人之爱，从中显示了人的希望。契诃夫式的人的热力。

一个穷女人的一生，像下过雪的冬天，有干净的萧瑟与庄严。

4

"每一本书是所有的时间，所有的道路。它们排列、叠加、缠绕、交通，把你围拢在以书为墙的那间书房里，你在其中的命运无非是不知所云。"在图书馆连排的书架中，如入时间的迷宫。惶惑及疑问同时敲响：这世上，还缺你的这一份写作吗？

　　同类的问题是：这世上的人够多了，数量比最宏大的图书馆的藏书还要多上许多，你还有必要活吗？你活着能为人类提供什么新意义？为什么你不怀疑这个呢？连闪念都不会，因为你从不是为世界与人类而活。

　　你为自己，为需要你的人而活。

　　写作亦然。我，可以是我们。我们，不一定是我。

　　文学将一粒米从米仓中辨认出来。

5

　　写作，就像注视墙壁上的水渍——童年寂寥的日子里，我常常注视它们，那块水渍幻变出动物、植物或是人，从不同角度看，有着不同形态。有时里面显影出一匹马，或一张有阅历的脸。

　　写作的过程，就是把你看到的这个形态勾勒出来——简单而丰富。简单是因为它只是块水渍，任何墙壁上都可能存在的水渍，许多人对它熟视无睹。丰富是因为只有当你凝视它，才会发现，它渗透、晕染的形态构建了一个无比丰富的时空，许多的故事充满其中。

　　一个好作品就是那块平常而奇特的水渍，充满斑驳而无限的想象。

6

　　"有人说鲁迅的文字如青铜器，张爱玲的是细致珠宝，亨利·米勒似香槟开瓶，川端康成如青花素瓦。川端康成的文字很干净，带着一种淡雅的冷艳。像在漫天春光，野地中偶遇的一株樱花，细碎的灿烂，却令人分外怀念。"不记得在哪看了这么一段评论。

　　深秋，风中寒意渐浓，这样的天气比较适合读日本作家，比如川端康成的作品。他的作品，需要沉静的阅读氛围，最好夜阑人静，浮云蔽月，这才符合他作品中的纯净和孤寂情调。

在童年失亲与战争苦痛中，川端康成沉潜于"向美而生"。风物、自然、情感……川端康成总在创造一种幻想中的幽玄之美。美，成为他抵抗尘世痛苦的武器。

每一个优秀作家的文字中，都藏着一幅画，有的是油画，有的是素描，有的是版画，有的是水粉。川端康成的笔下，就是一幅水粉。一片淡淡冬景，雪国空旷的小站，冒着青烟的汽笛鸣响而过，以及清晨赶到码头来告别的姑娘——那是川端康成纯真而深切的情感描摹出的景状，东方式的"物哀"，其中又蕴含着逢春必开的希望。

7

年龄必然会带来阅读趣味的改变。比如年轻时，爱读纯文艺的作品；年纪渐长，阅读口味驳杂起来。偶然翻出本小书——《睡莲的方程式》，作者雅卡尔，紫灰调封皮，书名真美，翻了下内容，有些意思。

"有人在湖里种了一株睡莲，这种睡莲具有每天都生长出另一株睡莲的遗传特性，30天后湖面将被这株睡莲的子孙覆盖，然后整个物种将因窒息、空间和食物被剥夺而死亡。多少天时睡莲会盖住一半湖面？"

这是和"文艺"完全不同的叙述，指向自然的领域，时间的领域。这是科学的语言。

比起文学或文艺的语言，科学的语言冷峻昌明，其魅力也在于此。不去主观想象，不去即兴招魂，而是描述事实，展示常识，它是一种诚实的指认——对我们居住的物的世界，照亮它们的辽阔，以及隐身于中的万物景象中的细部元素。

8

年轻时，读到了香港女作家西西，她被誉为"香港的说梦人"；读到了以"说书人"自居的中国台湾作家张大春，后读他的随笔《聆听父亲》倍感亲切；读到了中国台湾女作家曹丽娟（她作品虽不多，却叫人惊艳，一篇《童女之舞》写两个年轻女孩之间伴随成长的情感纠葛，微妙而痛楚）；读到了中国台湾才女钟玲，其散文写得俊逸灵异；还知道了李碧华、黄凡、张国立……那几年，对二十岁出头、正沉迷于文学的我来说，对港台文学的阅读真如盛宴。

中国台港这批纯文学意义的写作者，笔底对人性的至察，语言的老道，对叙事的艺术追求，在看上去有些异质性的语言中显示出的恰是汉语传统几千年未曾中断的赓续。

当然也有些文艺腔在里面，不过正好迎合了我的青春。那种文艺，不是浮浪的。因为未经历浩劫对文化的中断，港台文学在对传统的继承外又有来自西方的影响，形成多元的文化语言，也对我那时的写作产生影响，使我确信——对语言的讲求，是一个写作者的基本道德，也是对汉语之美的致敬。

9

尼采说："你真正的本质并非深藏在你里面，而是无比地高于你，至少是高于你一向看作你的自我的那种东西。"

——大概，这就是写或者记录些什么的意义了。写，使你一次次地高过自我，翻过此前以为不能的山头。